ANALYSE

DE LA

LANGUE LATINE.

SOUS PRESSE :

ANALYSE ÉLÉMENTAIRE

DE LA

LANGUE FRANÇAISE.

LYON. — IMPRIM. DE G. ROSSARY,
RUE SAINT-DOMINIQUE, N° I.

ANALYSE

ÉLÉMENTAIRE

DE LA

LANGUE LATINE;

A L'USAGE DES ÉTABLISSEMENTS D'INSTRUCTION :

AVEC UN

TRAITÉ COURT ET ENTIÈREMENT NEUF DE LA CONSTRUCTION LATINE, ET UNE PRÉFACE OÙ L'ON DISCUTE LES PROGRÈS ET LES ABERRATIONS DE LA SCIENCE GRAMMATICALE DEPUIS SON ORIGINE.

Les regles ne doivent JAMAIS estre separées de l'usage.
PORT-ROYAL, *méth. gr. préf.* x.

LYON.

PERISSE FRÈRES, LIBRAIRES,

RUE MERCIÈRE.

1830.

AUX MAITRES.

Nous devons à MM. les Professeurs un court exposé des motifs qui ont dirigé la rédaction de ce livre, et de l'usage que nous en faisons. Si cet exposé nous entraîne un moment dans la grammaire générale, c'est-à-dire dans la philosophie de la science, qu'on ne nous reproche point cette excursion : ce n'est pas aux élèves que nous parlons en ce moment.

I. MOTIFS.

La science d'enseigner subit, depuis moins de deux siècles, ce *mouvement de décomposition et de recomposition* qu'un célèbre professeur attribue proprement à la philosophie, et qui a renouvelé toutes nos sciences. Depuis les écrivains de Port-Royal, qui ont les premiers attaqué la vieille théorie [a], jusqu'à Jacotot, qui

[a] « La fin à laquelle on doit tendre par cette nouvelle méthode, est de leur « donner (aux élèves) facilement entrée à l'intelligence des meilleurs auteurs, « afin que les imitant avec jugement et avec choix, ils se forment un style « raisonnable, et s'élèvent peu à peu, etc. » (*Méthode latine*, Préface, p. 12.)

« Les faisant passer *le plus vite qu'il se peut* par la connaissance de ce qu'il « y a de plus général, il faut *tout d'un coup* les mettre dans la pratique, qui « leur apprendra parfaitement et avec plaisir le reste de ce qu'ils n'eussent « appris dans les règles qu'avec confusion et avec dégoût. » (*Ibid.* Avis au lecteur touchant les règles.) Et plus bas l'on explique que la pratique consiste à leur faire voir « quelques auteurs les plus purs, réservant de les faire com- « poser de français en latin lorsqu'ils sont déjà fort avancés. » (*Ibid.* p. 23.)

L'enseignement perfectionné suit à la lettre le précepte de *passer le plus vite possible par les généralités :* il les franchit, et entre d'emblée dans la pratique par l'étude et l'imitation des faits.

a fixé la nouvelle en la réduisant à deux principes [a], plusieurs esprits supérieurs ont travaillé successivement à déblayer les préjugés et à développer les saines doctrines de l'enseignement. Leurs efforts ont créé la science; mais ils n'ont pu la faire pénétrer dans les écoles, et l'exercice de l'art est encore stationnaire.

Spécialement pour l'enseignement des langues, les savants solitaires, et Locke et Dumarsais, et Pluche et Pestalozzi, et le grand homme que nous avons nommé d'abord, sont tous, malgré la divergence de leurs procédés, d'accord sur ce point: que l'élève doit commencer par l'explication des auteurs. Jacotot surtout montre bien que le moyen le plus naturel et le plus prompt de savoir une langue, est de l'entendre parler, de s'expliquer ce que l'on entend, et de le redire. Rollin, dont le nom équivaut presque à une raison, a insisté sur ce point : il a montré avec détail que la méthode des thèmes est nuisible; il a conseillé à l'Université de l'abandonner [b]. L'Université, qui a suivi plusieurs autres conseils de son ancien recteur, a négligé celui-ci.

D'où vient cet attachement singulier à un procédé démontré mauvais? Il serait absurde d'accuser de mauvaise volonté les professeurs, que le devoir, l'intérêt et l'honneur portent de concert à l'adoption des meilleures méthodes. Il serait également calomnieux de les accuser d'ignorer les progrès de la science. Que dis-je ? ils peuvent se justifier par l'expérience : des épreuves ont été faites; elles n'ont pas réussi : et un recteur moderne a pu, malgré Rollin, dire aux maîtres : « Défiez-vous de la méthode des versions. »

Ces épreuves manquées, cette permanence d'un préjugé réfuté par les plus solides arguments, découlent de plusieurs causes morales qu'il serait trop long d'expliquer ici; mais il en est une toute matérielle, qui a contribué pour beaucoup jusqu'à ce jour à rendre quelquefois stérile l'étude du latin commencée par l'explication des auteurs, c'est l'absence d'une grammaire usuelle faite dans ce but. Le rudiment de Lhomond est le seul en usage

[a] *Langue maternelle*, 2e édition, Louvain, 1823. *Langue étrangère*, 1824.

[b] *Traité des études*, l. 1, ch. 3. Quelle méthode il faut suivre, etc.

dans toutes nos écoles, avec quelques variétés peu importantes de Boinvilliers, Aynès ou Pelletier. Or ce rudiment n'a qu'un but : apprendre à faire un thème. Prenez la première règle de la syntaxe : *La ville de Rome :* De *entre deux noms, quand il peut se tourner,* etc., *n'empêche pas de mettre ces deux noms au même cas : dites donc* urbs Roma.

Est-ce là donner une règle de syntaxe latine ? Qui ne voit que ce n'est qu'un procédé pour changer la phrase française en phrase latine ? Parcourez les deux cents règles ou remarques de cette prétendue syntaxe, vous verrez partout la même marche : partout on part de la phrase française ; nulle part on ne suppose l'élève occupé à analyser une phrase latine exposée sous ses yeux.

Je sais bien qu'on pourrait se passer d'un livre d'analyse ; mais je sais aussi qu'on ne s'en passe pas, parce qu'on ne sait pas qu'on le peut. Je sais que les élèves pourraient faire la grammaire eux-mêmes, et nous avons la franchise de le leur dire ; mais je sais surtout qu'en se confiant à un livre trompeur, on se laisse égarer par ce mauvais guide dans une route que, seul, on aurait suivie sans écart. Ainsi nous concevons qu'un maître qui, par la conviction des vrais principes, commence par faire apprendre et expliquer un auteur, et qui cherche dans le livre de Lhomond une syntaxe qu'il s'attend à y trouver toute faite, bientôt déconcerté par le défaut d'un secours sur lequel il comptait, impute à la méthode qu'il a adoptée, le vice d'un livre composé pour une méthode contraire. De là les mauvaises réussites des épreuves ; de là le découragement de ceux qui voulaient essayer plus tard ; de là le dédain des perfectionnements les plus nécessaires.

Le désir de remédier à ce mal et de favoriser par un motif de facilité l'adoption générale de la méthode moderne d'enseignement, nous porte à publier cette grammaire, qui composée d'abord pour une famille, a été ensuite éprouvée avec succès sur des réunions d'élèves.

M. Gueroult avait publié sa *Méthode latine* dans un but semblable : l'adoption de ce livre dans plusieurs colléges de France prouva qu'il répondait à un besoin réel ; son abandon a montré qu'il ne pouvait satisfaire ce besoin. En effet il fallait une nécessité bien sentie pour donner un crédit, même passager, à une grammaire dont les définitions sont fausses ou inintelligibles [a], le style obscur et barbare [b], la syntaxe incomplète et mal parlée comme nous le montrons plus bas ; M. G. n'avait d'ailleurs réformé aucun des vices dont les grammaires ordinaires sont remplies dans la partie qui précède la syntaxe.

M. Morin, inspecteur de l'Académie de Grenoble, a reproduit la *Méthode* de Gueroult avec un commencement de réforme dans la disposition des *temps* et un développement de la syntaxe.

L'intention de donner enfin une théorie à la fois exacte et simple, nous obligeait avant tout à éclaircir les questions qui divisent les grammairiens. Car la grammaire, partie importante de l'enseignement, éprouve en ce moment la même révolution que la science totale ; et c'est la partie la moins avancée de la science.

La controverse a deux objets principaux :

1° le classement des mots ou le nombre et la définition des parties de la phrase ;

2° la langue de la syntaxe.

Ces questions seront discutées dans les deux articles qui suivent. De cette discussion doivent sortir les motifs du plan que nous avons adopté, et la justification du langage technique dont nous nous servons dans ce livre.

Article Ier. — DU CLASSEMENT DES MOTS.

Le classement des mots a subi le sort que Condillac attribue à toutes les généralisations. On a d'abord classé en gros pour le

[a] En voici une qui a ces deux vices à la fois : « On appelle *nombres* certaines « terminaisons qui ont la propriété de signifier l'unité ou la multiplicité des « objets que les noms désignent ou qualifient. » Page 2. *Voyez* encore les définitions du pronom, du subjonctif, du passif, du neutre, du comparatif, de la syntaxe.

[b] De la proposition : « Quelquefois ces additions complétives d'expressions « qui modifient ou déterminent le sujet ou l'attribut, forment elles-mêmes des « propositions qui ont aussi leur sujet, leur verbe et leur attribut. » Page 109. *Voyez* encore les fonctions des cas, et toute la syntaxe.

premier besoin ; puis on a classé plus complètement ; puis on a classé au-delà du besoin. Aristote qui le premier a essayé l'analyse du langage [a], comptait quatre sortes de mots dans une langue qui avait l'article de plus que la langue latine : c'étaient, avec l'article, le *verbe*, le *nom* et la *conjonction*. Les philosophes y ont joint successivement la *préposition*, l'*interjection*, le pronom, le participe, l'*adverbe*, l'*adjectif*; et Despautère, après d'autres plus anciens, a pu compter dans le latin neuf sortes de mots. « Mais sur le nombre, dit Quintilien, on n'est pas d'accord [b]. »

On l'est encore moins sur l'idée qu'il faut avoir de chaque sorte de mots. Les grammairiens philosophes veulent qu'on puise les définitions dans l'*idéologie*. Raisonnant sur cette base, M. Lemare prouve très-bien que l'interjection est ou un cri inarticulé qui n'est point partie grammaticale du discours, ou une phrase complète qui renferme nom, verbe et même adjectif; que les mots dits *préposition*, *adverbe* et *conjonction*, ne sont (par leur étymologie) que des adjectifs devenus invariables; que le *participe* n'est qu'un adjectif; que le *verbe* n'est qu'un adjectif chargé des idées accessoires de temps et de personnes ; que les divers mots dits *pronoms* sont ou de vrais noms ou de vrais adjectifs; et remarquant après cela qu'il n'y a que des substances dans la nature et des modifications dans les substances, il conclut victorieusement qu'il n'y a et ne peut y avoir que deux sortes de mots : le substantif et le modificatif [c] (le nom et l'adjectif).

Mais il ne devait pas s'arrêter en si beau chemin. Les modifications n'existent pas dans la nature ; elles ne sont que les substances elles-mêmes considérées sous certains points de vue abstraits : les seuls êtres réels qu'ait produits la nature, sont les substances ; donc, il n'y a et ne peut y avoir dans le discours qu'une seule sorte de mots : le substantif. Telle est la conséquence exacte du raisonnement de M. Lemare. Et ainsi toute classification est détruite.

[a] *Poët.*, cap. 20 et 21.

[b] *Inst. Orat.*, l. 1, c. 4.

[c] *Cours de Langue française*, 2e édit. 1819. Tome I, p. 22 et 168.

Remarquez bien que, si notre raisonnement est concluant contre M. Lemare, celui de M. Lemare ne l'est pas moins contre tous les autres grammairiens idéologues. Et en effet, comment espérer de classer exactement les parties de la phrase, lorsqu'au lieu de les observer selon les lois de la phrase, c'est-à-dire de la grammaire, on les observe selon les lois de l'*idéologie?* Lorsque vous aurez à classer les êtres matériels, faites une classification physique; lorsque vous aurez les facultés et les opérations de l'ame humaine, faites une classification métaphysique; mais s'agit-il seulement des parties de la phrase, renfermez-vous dans la phrase, et faites une classification grammaticale. Toute autre marche conduira nécessairement à l'anéantissement de toute méthode.

Il est peut-être utile à la science, de montrer par quelques exemples tout ce qu'il y a de vain dans ces définitions idéologiques, pour lesquelles certains grammairiens ont tant travaillé. Quant au reproche qu'on pourrait nous faire de mépriser les secours que la grammaire doit attendre de la philosophie, peut-être la suite de cette discussion nous justifiera.

Presque toutes les grammaires définissent le verbe : *un mot qui exprime que l'on est ou que l'on fait quelque chose.* Mais c'est la proposition que l'on définit là, ce n'est pas une espèce de mot. Car il n'est pas donné à un mot d'exprimer un jugement tout entier; et si, chez les Latins, le verbe le fait quelquefois, c'est que ce verbe se trouve par accident composer à lui seul toute une phrase; encore faut-il nécessairement sous-entendre toujours le sujet, et quelquefois le régime. Il suit encore de la définition ci-dessus que les mots *chant*, *départ*, *douleur*, *attention*, *volonté*, etc., etc., sont des verbes. Si l'on voulait absolument une définition, je conseillerais de s'en tenir à la moitié de celle de Despautère : « *Le verbe est un mot qui a temps et personne* [a]. » Jamais enfant qui a entendu cela, n'a confondu le verbe avec quelque partie du discours que ce soit.

[a] *Rudimenta*, in-12, 1542, *tertiâ part.* Cette définition vient primitivement d'Aristote, lib. περι ἑρμηνειας, κεφ. γ'.

Lhomond après Port-Royal, définissait l'adjectif « un mot « qui marque la qualité d'une personne ou d'une chose. » Mais 1° l'une des qualités d'ame de César pouvait s'exprimer également bien par l'un de ces trois mots, *générosité*, *généreux*, *généreusement*, qui pourtant ne sont pas tous trois adjectifs. 2° *Is, ea, id; omnis, omne; unus, una, unum*, etc., ne marquent aucune qualité, à moins qu'on ne prenne ce mot *qualité* dans un sens si vague qu'il ne signifiera plus rien. C'est pourquoi M. de Tracy veut qu'on appelle adjectif tout mot qui ajoute à l'idée du nom une modification quelconque [a]. Ce célèbre philosophe ne s'est pas aperçu qu'il n'est pas un mot d'une langue, y compris le nom, qui ne puisse ajouter une modification au nom; et qu'ainsi, par son explication, tout mot est adjectif.

Il nous semble que, si l'on disait à des élèves, qu'on appelle *primus, a, um*, adjectif, parce qu'il se décline, qu'il a les trois genres, et qu'il s'emploie avec le nom, il n'y a pas un enfant qui s'y trompât; et il ne serait pas nécessaire d'ajouter : à quoi connaît-on un adjectif? la définition doit le dire, et le dirait.

Mais écoutons un professeur distingué, dont l'ouvrage estimable[b] est entre les mains de tous les élèves de France, et qui a fait en plusieurs endroits un usage avantageux de la métaphysique; voyons où elle l'égare, quand elle s'arroge le classement des mots.

« Page 151, livre III, chap. Ier. Des prépositions : *Ces mots* aller à Rome *nous offrent un verbe* aller, *et un substantif* Rome. *Reste le mot* à *qui unit ensemble les deux termes* aller... Rome, *et fait voir qu'ils se rapportent l'un à l'autre. On l'appelle* préposition. *De même, si l'on dit :* combattre pour la patrie, *le mot* pour *indique un rapport entre le verbe* combattre *et le substantif* patrie. *C'est encore une préposition. La préposition est donc* UN MOT QUI, DANS LA PHRASE, LIE DEUX TERMES ET LES MET EN RAPPORT. »

Suivons avec soin le raisonnement de l'auteur, nous en tirerons deux conséquences irrécusables : 1° dans des phrases telles que

[a] *Gramm.*, ch. 3, § 2 et § 4.

[b] Méthode pour étudier la langue grecque, 16e édit. 1828.

Dieu EST *éternel*, *David* VAINQUIT *Goliath*, les mots EST, VAINQUIT sont des prépositions. En effet reprenez le raisonnement cité, et appliquez-le textuellement à nos deux exemples ; vous prouverez irréfragablement que EST, VAINQUIT, *lient deux termes et les mettent en rapport.* De plus, si nous comparons la définition de la préposition avec celle que le même auteur donne de la conjonction (ch. III, § 162), nous trouverons que la plupart des conjonctions sont des prépositions, et que toutes les prépositions sont des conjonctions : « La conjonction est un mot « indéclinable qui sert à lier ensemble deux phrases ou deux « parties d'une même phrase ». *Deux termes* sont *deux parties* d'une phrase ; or la préposition *est un mot qui lie deux termes*, donc la première définition n'est qu'un cas de la seconde. Et en effet, dans *vaincre* OU *mourir*, ou remplit, d'après les principes de M. B., la même fonction que *à* et *pour* dans les exemples cités par lui. On pourrait en dire autant de l'adverbe *satis* dans *habebat satis eloquentiæ* (Cor. Alc.), et même de tous les autres mots.

La seconde conséquence à tirer de la définition idéologique de la préposition, c'est que *à* est la même chose que *pour*, et a la même signification. En effet, après avoir expliqué avec soin le sens de ces deux prépositions, l'auteur conclut qu'elles signifient *un rapport entre le nom et le verbe*, qu'elles *lient le nom et le verbe*, et toutes deux *de même ;* en sorte apparemment qu'il serait indifférent de dire *aller* POUR *Rome*, et *combattre* A *la patrie*.

On pensera peut-être que j'outre la doctrine de l'auteur, et que je combats les paroles et non le sens. C'est pourtant ce sens même que Condillac a soutenu expressément le premier, et que Destutt a réfuté solidement [a]; ce qui n'a pas découragé M. B. [b].

[a] *Grammaire*, ch. III, § 5.

[b] Un professeur, d'un esprit positif, auquel je suis trop lié par l'amitié pour oser lui témoigner ici toute mon estime, objecte que « M. B. n'a pas l'intention « d'expliquer le sens des deux prépositions, mais seulement de remarquer ce « qu'elles ont de commun. » — Mais comment montrer ce qu'elles ont de commun sans expliquer leur sens ? M. Gueroult, qui a fourni à M. B. sa définition, y avait ajouté cette restriction : « Le genre du rapport est déterminé par la

Que j'aime bien mieux la définition de Lhomond qui se rappelant cette fois qu'il avait déclamé dans une préface contre les empiétements de la métaphysique sur la grammaire, nous dit d'un ton simple (p. 127) : *La préposition est un mot invariable qui régit l'accusatif ou l'ablatif.*

Destutt, dans le § 2 du chap. III précité, croit que les noms des trois personnes ne sont pas précisément des noms; « ce ne « sont pourtant pas des quasi-noms, » ce sont des adjectifs, parce qu'ils modifient; cependant il finit par les laisser au rang des noms. Tout ce paragraphe montre bien à quelle anarchie la langue grammaticale est entraînée par le système de classer les mots d'après l'idée qu'ils représentent, au lieu de les classer d'après leur emploi dans la phrase. Ce système conduit un idéologiste d'ailleurs si judicieux, jusqu'à appeler *préposition* la finale *tum* de *dignitatum*, et les autres terminaisons des noms [a] !

Que chaque science garde son domaine : l'idéologie, en voulant conquérir la grammaire, l'a dévastée et s'est compromise. La grammaire se suffit; elle suffit au classement des mots qui sont sa matière; elle l'étend selon le besoin de l'analyse, et l'arrête où cesse le besoin. *Nihil ex grammaticâ nocuerit, nisi quod supervacuum est,* a dit un ancien qui serait célèbre comme grammairien, s'il ne l'avait été avant comme rhéteur et comme orateur [b].

Ainsi, nous ne parlons pas de *pronoms*, parce que, quand nous avons classé en noms et adjectifs les mots qui ont genre et nombre, l'analyse ne nous demande aucune autre division. *Suus, a, um* et les autres, sont exactement et précisément des adjectifs,

« signification de la préposition. » Mais M. B. a senti que cette restriction annulait la définition, car elle la réduisait à ceci : *la préposition est un mot qui fait partie de la phrase, et qui signifie quelque chose.* Aussi a-t-il préféré s'en tenir au sens de Condillac dont voici, au reste, les propres paroles qui confirment assez ma critique : « Quand on dit *Pierre ressemble à son frère*, la « préposition *à* SE BORNE à indiquer *son frère*, comme second terme du rap- « port. » (*Gramm.*, deuxième partie, ch. 13.)

[a] Ch. III, § V, des prépositions.

[b] Quintil. 1, 7.

puisqu'ils se déclinent selon les trois genres et qu'ils dépendent du nom, de la même manière que les adjectifs ; leur syntaxe est tout-à-fait celle des adjectifs. *Me, te, se,* sont exactement et précisément des *noms,* puisqu'ils nomment les personnes, aussi bien que *Petrus, Paulus, Ludovicus;* leur syntaxe est tout-à-fait celle des noms. C'est ainsi que raisonne Sanctius dans sa fameuse *Minerve* (1, 2), où il soutient que le pronom n'est pas une *partie d'oraison* différente du nom. Ce que Port-Royal ne lui conteste pas. Beauzée croit le réfuter en remarquant que « les noms expriment des « êtres déterminés par l'idée de leur nature, et les pronoms des « sujets déterminés par l'idée précise d'une relation personnelle « à l'acte de la parole [a]. » Mais quand cette distinction serait aussi claire et aussi vraie qu'elle est obscure et vaine, de ce que les mots *expriment des sujets déterminés par des idées* différentes, s'ensuit-il que ces mots soient des *parties d'oraison* différentes ? Il faudra sur ce pied en admettre un bien grand nombre : car il y a des noms collectifs, des noms partitifs, des noms de végétaux, d'animaux, de pensées, etc., qui renfermant tous des idées différentes, formeront autant de sortes de mots ! *Ecquis erit modus ?* Revenons donc au principe de Quintilien, ainsi traduit par Port-Royal : « Il faut, en grammaire, se borner au strict « nécessaire. »

Au reste Lhomond, dont l'esprit clair et judicieux se montre en plusieurs endroits de sa grammaire, autorise par plus d'un exemple le classement des pronoms personnels avec les noms. Il les confond souvent ; il dit, p. 146, que les verbes gouvernent un NOM comme régime indirect ; et p. 148 il donne pour exemple *scribo tibi.* P. 151 « avec certains verbes, on met mieux le « NOM au datif qu'à l'ablatif ; » exemple : *neque* NOBIS, *neque* ILLI *probatur*, et MIHI *colenda virtus.* Ainsi, lorsque nous supprimons l'espèce du pronom, nous ne faisons que poursuivre la pensée de Lhomond ; nous imitons son langage, en le rectifiant et le simplifiant ; nous supprimons un terme technique inutile. C'est un profit net pour l'élève ; profit surtout pour son

[a] *Encycl.*, art. Pronom.

jugement, puisque c'est lui transmettre une idée fausse de moins: en effet, que les pronoms soient faits pour tenir la place des noms, c'est ce que réfutent bien clairement MM. Destutt [a] et Lemare [b].

Parmi les mots invariables, on reconnaît assez sûrement les *prépositions* à leur régime, et les *interjections* à leur isolement dans la phrase, où elles sont jetées comme des cris souvent inarticulés, sans régir quelque mot ni dépendre d'aucun.

Le reste des indéclinables est classé en deux espèces beaucoup plus nombreuses que les deux premières : ce sont les *adverbes* et les *conjonctions*. M. Lemare attaque avec violence cette distinction, armé de plusieurs ressemblances d'étymologie et rapprochements de signification. Ces ressemblances et ces rapprochements sont plausibles et quelquefois réels ; mais ils n'empêchent pas que la grammaire ne puisse tracer une démarcation assez sensible entre les deux sortes de mots attaquées.

Le mot indéclinable appelé *adverbe* s'emploie pour déterminer la signification d'un verbe et quelquefois d'un adjectif ou d'un adverbe, en y ajoutant une circonstance de lieu, de temps, de manière ou de quantité.

La conjonction ajoute des circonstances semblables, ou d'autres telles que le motif, l'opposition, le doute, non pas à un mot en particulier, mais à une phrase ou un membre de phrase; elle a un autre effet qui la fait encore mieux reconnaître, qui lui a valu son nom, et qui la distingue nettement de l'adverbe : c'est que, tout en servant au sens de la phrase où elle est employée, elle en rappelle ou en annonce une autre; par exemple : *Quæ contumelia non fregit eum*, SED *erexit.* NAM QUUM *judicasset sine summâ industriâ non posse eam exstingui, totum se dedit reipublicæ* [d]. SED fait partie du deuxième membre de phrase, et il rappelle le premier qu'il déclare être opposé au

[a] *Grammaire*, ch. III, § 2.

[b] *Langue française*, première partie, p. 34.

[c] *Langue française*, Synt. deuxième section, ch. IV.

[d] *Corn. Nep.* Them. I.

second; NAM qui appartient à la phrase suivante, énonce que cette phrase est le motif de celle qui précède; QUUM fait partie de la phrase secondaire *quùm judicasset... exstingui*, et il annonce la phrase principale *totum se dedit*, car il exprime au propre une succession de temps entre les actions marquées par ces deux membres de phrase.

Cette propriété de la conjonction a fait dire aux grammairiens, qu'elle *liait,* qu'elle *joignait* les phrases ou membres de phrases. Cette figure me paraît juste et naturelle. Je conviens avec M. Lemare, que Restaut a eu tort de dire que « la conjonction est em-« ployée *pour faire* une liaison dans le discours : » chaque conjonction est employée, comme tout autre mot, non *pour faire* une liaison, mais *pour* exprimer l'idée qu'elle signifie. Toutefois M. Lemare devrait convenir aussi que la liaison existe, non comme le but, mais comme un effet de l'emploi de toute conjonction.

Maintenant, que l'on remarque qu'il y a des adverbes qui, par circonstance, rappellent aussi une phrase autre que celle où ils sont employés, qu'il y a des conjonctions qui semblent jointes à un verbe, à un adjectif, et qu'ainsi notre ligne de démarcation s'efface à certaines limites, il s'ensuivra seulement qu'il en est des mots indéclinables, ces créations de l'homme, comme des créations de la nature, entre lesquelles le naturaliste s'efforce en vain d'établir un classement parfait : de ce que le phoque est à la fois poisson et quadrupède, est-il absurde d'assigner deux classes distinctes au requin et à l'éléphant ?

Au reste, on ne trouvera dans ce livre aucune définition; et le grand principe de Quintilien en est cause. Les définitions ne sont d'aucun secours pour l'analyse élémentaire. Si le maître y tient absolument, qu'il les demande à ses élèves, dès qu'ils auront appris l'analyse par des exercices journaliers; celles qu'ils lui donneront seront les meilleures possibles pour eux, puisqu'elles seront les plus conformes à la suite de leurs idées, et le résultat vrai de leurs connaissances actuelles.

On s'étonnera que, dans la première partie de la grammaire, nous mettions le verbe avant le nom. Ce n'est pourtant pas une innovation : ainsi avait fait Quintilien [a], ainsi a fait M. de Tracy [b]. Au reste ce n'est point sur ces autorités quoique respectables, que nous avons choisi cet ordre ; c'est sur les motifs qui suivent :

1° La philosophie et l'étymologie assurent de concert que le *verbe* est la première espèce de mots qu'ait employée l'homme. La philosophie : car nous n'avons pu avoir l'idée d'êtres extérieurs à nous que par le mouvement, l'action ; l'action est principalement représentée dans la phrase par le verbe ; et nous n'avons dû nommer les objets, qu'après avoir nommé les actions par lesquelles ils se faisaient connaître à nous. Les faits de l'étymologie confirment cette théorie : dans les langues anciennes, toutes les racines authentiques sont des verbes ; c'est à un verbe que l'on s'arrête toujours, si l'on ne peut plus remonter jusqu'à la vraie racine ; le verbe est la dernière raison du langage. Ainsi en grec et en latin, les noms des objets qui frappent le plus nos sens, sont évidemment dérivés de verbes : τυμπανον, tambour et bâton, de τυπτω (M. Planche) ; τρυπα, trou, de τρυω, etc. *grex*, troupeau, de *grego*, *lex* de *lego*, *lux* de *luceo*, *dux* de *duco* (P.-R. [c]) ; *area*, aire, de *arere*, être sec (*Encyclop.*). C'est donc suivre l'ordre le plus naturel, le plus conforme au développement de nos connaissances, que de commencer par le verbe.

2e motif qui touche de plus près au but utile de la grammaire : le verbe est le mot principal de la phrase latine ; sa connaissance jette la lumière sur toutes les autres parties ; c'est le mot que doit chercher et reconnaître dès l'abord celui qui veut comprendre et traduire une phrase latine. C'est inspirer à l'élève l'idée de cette importance du verbe, et l'habituer à s'en occuper avant tout, que de le lui donner pour premier objet d'étude théorique.

3° D'après un usage ordinaire et louable, l'enfant qui ouvre la grammaire latine, vient de faire des verbes français ; il est habitué à l'idée de la conjugaison ; il en sent le besoin pour les verbes : il ne sent nullement le besoin de la déclinaison pour les

[a] *Inst. Orat.*, l. 1, c. 4, loc. cit. VERBA MODÒ....

[b] *Gramm.*, ch. II.

[c] *Méth. lat.*, p. 114, s'appuyant sur Varron.

noms, parce qu'il n'a vu rien de pareil en français. L'étude du verbe latin est donc la seule transition possible entre la grammaire française et la grammaire latine.

4° Il est d'expérience que les enfants retiennent avec moins de peine la conjugaison que la déclinaison. En effet la première a plus de régularité, plus de suite. C'est donc graduer la difficulté.

Il nous reste à parler de l'ordre dans lequel nous avons disposé les *temps* et les *cas*.

Pour l'ordre des temps, les changements faits au tableau de Lhomond n'ont pas besoin d'être justifiés ; l'avantage de la disposition que nous avons choisie doit frapper les yeux les moins attentifs, si on la compare [a] avec le désordre complet qui règne dans toutes les grammaires élémentaires. Cette disposition si simple et si méthodique a été essayée par MM. de Port-Royal et régularisée par M. Lemare, le plus exact, le plus solide et le plus lumineux de tous ceux qui ont écrit sur la grammaire depuis Port-Royal.

Nous ne sommes pas les premiers à innover pour l'ordre des cas. MM. de Port-Royal dont le nom se lie à tous les perfectionnements de la grammaire, et M. Burnouf, dans sa *Méthode grecque* justement estimée, ont fait prévaloir le commencement d'une réforme indispensable, en réunissant deux cas homologues.

Nous commençons comme eux la déclinaison par le nominatif : 1° parce qu'un usage immémorial veut qu'on emploie ce cas pour désigner le nom ; et il nous paraît convenable de troubler le moins possible l'usage des classes, l'habitude des maîtres et le protocole des dictionnaires ; 2° parce que dans beaucoup de noms ce cas est irrégulier, n'ayant ni terminaison uniforme ni radical commun, et qu'ainsi il convient de le mettre en dehors de la déclinaison, pour qu'elle n'en soit pas entravée ; 3° parce que ce cas est propre au sujet ou nom principal de la phrase.

Le nominatif est suivi du vocatif, qui pourrait presque être supprimé, puisqu'il est le même que le nominatif dans toutes les

[a] Voyez le prospectus.

déclinaisons, sauf un petit nombre de noms masculins de la deuxième.

Nous inscrivons à la suite de ces deux premiers cas l'accusatif, qui leur ressemble dans tous les noms neutres, et même dans les noms de tout genre au pluriel de trois déclinaisons.

L'ablatif, qui se déduit de l'accusatif par la suppression de l'*m*, se place naturellement après lui. C'est une de ces analogies matérielles qui frappent l'oreille, les yeux et l'imagination des élèves, et leur aplanissent indubitablement les obstacles de la déclinaison.

L'ablatif attire le datif, qui lui ressemble souvent au singulier et toujours au pluriel.

Le génitif est convenablement placé à la suite du datif, 1° parce qu'il est quelquefois le même; 2° parce qu'il n'est souvent que le datif augmenté d'une *s*; en sorte que le datif forme une transition naturelle entre l'ablatif et le génitif, comme l'ablatif entre l'accusatif et le datif.

Cette disposition lie même le singulier avec le pluriel : en effet le génitif, qui termine le singulier, est utilement suivi des nominatif et vocatif pluriels, qui sont souvent ses homonymes, et au moins, dans la troisième déclinaison, ses analogues.

Les trois cas du neutre et généralement tous les cas semblables sont constamment réunis. Une expérience de plusieurs années a montré combien d'épines ces rapprochements épargnent aux jeunes élèves.

Il faut peut-être remarquer encore comme une cause de facilité, que la déclinaison finit par le génitif pluriel, qui, dans tous les mots déclinables sans exception, se termine en *um*. C'est un point fixe pour l'attention, et un repos pour la mémoire.

Enfin, si l'on compare notre arrangement avec l'usage universellement reçu dans toutes les classes et dans tous les dictionnaires, de désigner le nom par le nominatif suivi du génitif, *pater, patris,* on reconnaîtra que nous respectons cet usage, et même que nous le consacrons par une raison, puisque cette appellation du nom devient, par notre arrangement, un véritable résumé analytique de la déclinaison.

Quelques professeurs objecteront peut-être que le génitif doit venir aussitôt après le nominatif, parce qu'il sert à former les autres cas.

Nous répondons 1° que, malgré ce motif, MM. de Port-Royal et après eux M. Burnouf, ont donné l'exemple d'inscrire le vocatif avant le génitif. 2° Qu'il est faux que le génitif serve à former ni l'accusatif ni le vocatif latin des noms neutres, et que le rang où Lhomond inscrit l'accusatif de ces noms, provoque l'enfant à des barbarismes inévitables. 3° Qu'il est d'expérience que jamais l'élève, en déclinant un nom, n'a songé précisément à tirer ses cas du génitif, mais qu'il forme la déclinaison analogiquement, en mettant, à la suite du radical que le maître a donné, les terminaisons qu'il lit dans sa grammaire. Ainsi l'élève part des deux formes données, *caput, capit is* : la première lui fournit les cas irréguliers et pour ainsi dire indéclinés du nom; la seconde donne le radical régulier et invariable qui doit faire la *base* de tous les autres cas tant du singulier que du pluriel. Avec ces deux éléments, qui doivent nécessairement lui être toujours fournis par le maître (ou par le dictionnaire, ce qui est la même chose), peu lui importe de placer le génitif un peu plus tôt ou un peu plus tard : il obtiendra le génitif comme les autres cas, non en les formant d'un cas privilégié, mais en les composant de la *base* commune et de la *terminaison* propre.

L'ordre des déclinaisons aurait exigé aussi quelque réforme. La déclinaison *dies* n'a rien de commun avec celle de *manus*, après laquelle elle est placée; elle a au contraire une ressemblance frappante avec *rosa*, dont elle semble n'être qu'une variété prosodique, comme en grec les terminaisons de κεφαλὴ ne sont que les longues de ἡμερὰ. D'un autre côté, les finales de *dies* se rapprochent par fois de celles de *pater*. Voici donc l'ordre que l'on aurait dû primitivement donner aux déclinaisons :

1re	2e	3e	4e	5e
Domin us,	*Ros a*,	*Di es*,	*Pater*,	*Man us*.

Nous n'avons pas fait ce changement, parce que nous croyons impossible de le faire admettre, à cause de l'habitude universelle de reconnaître les déclinaisons aux numéros consacrés par un usage invétéré.

Nous avons prouvé, dans cet article, que l'on a eu tort de classer les mots d'après l'idéologie, et d'en distinguer en latin plus de sept espèces; nous avons exposé pour quels motifs nous traitons du verbe avant les autres, et changeons la disposition vulgaire des temps et des cas. Ces détails importaient peut-être au succès de notre livre : la question que nous allons discuter importe surtout au succès de l'enseignement.

Art. II. — DE LA LANGUE DE LA SYNTAXE.

Les termes adoptés par les anciens sont figurés. — Les modernes ont fait des efforts malheureux pour y substituer des termes propres.

Je ferai en peu de mots l'histoire critique de la syntaxe : elle doit intéresser les hommes laborieux qui professent cette science.

Les Grecs ne s'en sont pas occupés. Charisius et Diomède l'ont à peine soupçonnée. Priscien, le premier (an 525 de J.-C.), en a traité expressément, sous le nom de *construction*, dans les deux derniers livres (17 et 18) de son long ouvrage. Dans le 18e, il traite successivement de l'emploi des cas, puis des temps et des modes; il cite de nombreux exemples des auteurs. Son langage est simple, mais peu précis : *verba accusativo, dativo adjunguntur, sociantur, copulantur; accusativum assumunt* [a]. Consentius paraît être le premier qui ait appliqué le terme *rego* au verbe dans ses rapports avec les cas du nom; ce langage prévalut bientôt dans toutes les grammaires, et y régna paisiblement pendant dix siècles, jusqu'après la publication des savants traités de Port-Royal.

Enfin Dumarsais vint réclamer contre cette longue possession; il avança que « ce qu'on dit communément sur la syntaxe » n'est qu'un langage métaphorique, qui n'éclaire pas l'esprit des » jeunes gens, et qui les accoutume à prendre des mots pour » des choses [b]. » Il ne donna aucun développement à cette idée

[a] *Grammaticæ lat. script. ant. Putschius*, p. 1157 *et seqq.*

[b] *Enc.*, au mot *concordance.*

importante autant que neuve. Mais ceux qui continuèrent après sa mort la grammaire encyclopédique, expliquèrent ainsi la même pensée :

« Quand on dit que le verbe actif gouverne (régit) l'accusa-
» tif, c'est une expression abrégée, pour dire que quand on veut
» donner à la signification vague d'un verbe actif une détermi-
» nation tirée de l'objet auquel s'applique l'action énoncée par le
» verbe, on doit mettre le nom de cet objet au cas accusatif,
» parce que l'usage a destiné ce cas à marquer cette sorte de
» service. C'est une métaphore prise d'un usage très-ordinaire de
» la vie civile : un grand *gouverne* ses domestiques, et les do-
» mestiques attachés à son service lui sont subordonnés ; il leur
» fait porter sa livrée, etc. Les cas sont de même une sorte de
» livrée, etc. [a] »

On pourrait relever dans ces lignes des expressions inexactes et vagues ; mais il est plus utile d'y remarquer le sens juste et lumineux qu'elles laissent entrevoir. Si l'on s'est habitué à dire que *les mots régissaient* les mots, on n'a jamais pu le dire que par figure ; ce pouvoir de régir ne leur appartient pas : il appartient en propre à la pensée de celui qui fait la phrase ; c'est la pensée qui seule exerce dans le discours l'autorité légitime. Dumarsais l'avait encore exprimé nettement au mot *datif* :

« Les verbes ne gouvernent rien ; il n'y a que LA VUE DE L'ES-
» PRIT QUI SOIT CAUSE des différentes inflexions que l'on donne
» aux noms. »

Voilà un beau principe que n'avaient reconnu ni les savants de Port-Royal ni aucuns de leurs prédécesseurs. Ce seul service rendu à la science grammaticale doit assurer aux écrivains encyclopédiques la reconnaissance de tous ceux qui la cultivent, et qui connaissent les résultats importants d'une juste appréciation du langage.

En effet, tant que, méconnaissant le pouvoir de la pensée, on a fait dépendre les mots uniquement des mots, il a fallu, pour analyser une foule de phrases usuelles, où cette dépen-

[a] Au mot *gouverner*.

dance fictive est ouvertement violée, imaginer à chaque pas des figures grammaticales, que l'on disait fondées sur la raison, lorsqu'on ne leur voyait aucun appui dans le langage. Le principe moderne montre qu'elles ne sont pas plus fondées en raison qu'en usage. Et il s'applique à l'accord comme au régime. Cicéron contre Verrès dit : *Fecerunt ut istum accusarem, à* QUO *meâ voluntas abhorrebat.* Si *quo* ne peut être dans une phrase sans appartenir à un nom, il faut dire que *negotio* est ici sous-entendu, supprimé, quand bien même Cicéron n'aurait jamais pensé à *negotio* pour cette phrase. Mais si *quo* ne dépend que de la pensée de l'auteur, il suffit que l'orateur, en disant *quo*, ait eu en vue l'action qui précède; ce relatif se soutient seul; il n'est pas besoin de recourir à une figure : la phrase, telle qu'elle est, se suffit. Ainsi s'évanouit l'ellipse en beaucoup de cas; ainsi s'évanouissent le pléonasme et la syllepse. « Le pléonasme est lorsqu'il y a » quelque mot de plus qu'il ne serait nécessaire ! » (P.-R., p. 550.) Comme si, dans une phrase bien faite, il pouvait y avoir un mot inutile ! Le pléonasme est-il un défaut ? pourquoi en traitez-vous comme d'une figure ? — Mais ils veulent dire, *plus qu'il ne serait nécessaire* pour exprimer le même sens avec moins d'énergie. — Eh bien ! c'est une figure de rhétorique et non de grammaire. « *Posthumius autem, de quo senatus decrevit ut Ciliciam iret,* IS *negat se iturum sine Catone* [a]. » S'il faut absolument que *Posthumius* ait un verbe dont il soit le nominatif, *is* fait pléonasme; mais si *Posthumius* et *is* ne dépendent réellement que de la pensée de l'auteur qui a voulu dès l'abord tourner les regards sur le proconsul, puis les ramener encore expressément sur le même personnage, alors ces deux nominatifs remplissent cette vue, et il n'y a rien de trop dans la phrase, pas plus pour la grammaire que pour le style.

Samnitium cæsi tria millia ducenti [b], trois mille deux cents Samnites tués.

Pourquoi créer une figure ? Tive-Live a mis *cæsi*, parce

[a] Cic. *ad Attic.* cité par P. R.

[b] T. Liv. LX, c. 34. *Similia passim.*

qu'il pense aux Samnites tués, et non pas au mot *millia.* La syllepse n'est bonne à rien, qu'à jeter une entrave de plus sur les pas d'un faible enfant.

En un mot, le principe découvert par les Encyclopédistes, en diminuant le nombre des figures que l'on est forcé de reconnaître dans la phrase, simplifie l'analyse du discours, et ôte une épine à la théorie. Mais comme ces écrivains ont avancé le principe sans le prouver, et qu'ils semblent n'en avoir pas aperçu eux-mêmes les conséquences [a], son importance m'engage à exposer ici les motifs qui me semblent l'établir.

Cornélius dit d'Alcibiade :

Audivit se damnatum, il apprit soi condamné, (*tournez,* qu'on l'avait condamné). Si c'est *audivit* qui cause l'accusatif *se damnatum,* c'est ou parce qu'*audivit* veut dire *il apprit,* c'est-à-dire, à cause du sens propre de ce verbe, ou parce qu'*audivit* est à la voix active. Or, ce n'est pas la signification propre d'*audivit* qui cause l'accusatif; car des milliers de verbes, dont le sens est tout différent et même fort éloigné, ont aussi l'accusatif. Ce n'est pas non plus la voix active : car 1° beaucoup de verbes à la voix active n'ont jamais l'accusatif, *rebus Cæsaris studuerunt;* 2° souvent un verbe à la voix passive est le seul mot que l'on puisse regarder comme cause d'accusatif : *ne fando quidem* AUDITUM *est crocodilum aut Ibim violatum* (Cicer. I. de nat.).

Mais, demandera-t-on, quelle est donc la cause de l'accusatif dans la première phrase citée ? — C'est la phrase elle-même, ou plutôt c'est la pensée dont la phrase est la représentation. C'est la pensée qui commande tel cas, tel genre, tel nombre, tel mode. — Mais cette pensée *est tout différente et même fort éloignée* de beaucoup d'autres pensées, qui commanderont également un accusatif. — Rapprochez toutes ces pensées qui commandent le même cas, en rapprochant les phrases qui les

[a] Dumarsais, laissant stérile la vérité qu'il a rencontrée, comme le grain tombé sur la pierre, est entraîné par l'amour des ellipses, jusqu'à soutenir qu'il y a toujours une préposition sous-entendue devant l'accusatif, même quand il est régime d'un verbe actif!

énoncent : cherchez ce qu'elles ont de commun, qui les a portées à vouloir un cas commun ; vous le trouverez : et vous aurez fait la meilleure étude possible de syntaxe.

Le raisonnement qu'on vient de lire est fondé sur ce principe, qu'admet, je crois, la saine logique : lorsqu'on rencontre en plusieurs lieux les mêmes effets, il est raisonnable de les attribuer à la même cause, tant qu'il n'est pas prouvé que ces effets tout semblables sont dûs à des causes diverses.

Appliquons ce principe aux prépositions à deux cas : *In morbum implicitus, in oppido Citio est mortuus* [a]. *In*, dit-on, régit tantôt l'accusatif, tantôt l'ablatif. — Mais dire qu'un mot régit deux cas opposés, c'est dire qu'il n'en régit point : si le sens intrinsèque de *in* exige l'accusatif, il exclut l'ablatif, et réciproquement. Pourquoi donc *morbum* est il à l'accusatif ? Est-ce à cause de *in* ? Non, car on lit dans la même ligne *in oppido*. Est-ce à cause d'*implicitus* ? Mais, ce verbe, qui signifie *embarrassé*, n'est pas même un verbe de mouvement. — C'est parce que l'auteur pense au passage de la santé à la maladie, et que l'accusatif est fait en latin pour exprimer toute transition. *Oppido* au contraire est à l'ablatif après *in*, bien que l'on voie souvent *in* régissant l'accusatif, bien que *mortuus* exprime un passage de la vie à la mort, parce qu'il ne s'agit point de passer par la ville, mais que le passage de la vie à la mort se fait dans la ville, sans y entrer ni en sortir.

Il est donc prouvé que le langage usuel de la syntaxe n'est pas vrai au propre, que c'est un langage métaphorique, comme l'avaient avancé Dumarsais et Beauzée.

Est-ce une raison pour le rejeter ?

Ces auteurs l'ont pensé : « Il serait à désirer, dit Beauzée [b], » dans le style didactique surtout, dont le principal mérite con- » siste dans la netteté et la précision, qu'on pût se passer de ces » expressions figurées, toujours un peu énigmatiques. » — Je conviens que ce serait à désirer, si c'était possible. Mais l'auteur

[a] *Corn. Nep.* Cim. 3.
[b] *Enc.*, au mot *gouverner*.

devrait remarquer que, dans toutes les branches de la langue philosophique, il n'est aucun terme qui ne soit ou n'ait été originairement figuré; que de plus l'adoption unanime et constante d'une expression figurée a nécessairement empêché la création du mot propre qui l'aurait remplacée. « Aussi Beauzée trouve » qu'il est très-difficile de n'employer que des termes propres; » et il avoue « d'ailleurs que les termes figurés deviennent pro» pres en quelque sorte, quand ils sont consacrés par l'u» sage.[a] » etc. Et que manque-t-il aux termes de la syntaxe, pour avoir acquis cette propriété, qui, selon vous-même, vient par la consécration de l'usage? La figure en est si peu sensible, qu'avant vous personne ne la remarquait, et que depuis mille ans on fesait chaque jour ces métaphores techniques, comme M. Jourdain sa prose, sans s'en douter. Quel abus y a-t-il donc dans leur emploi?

Cependant vous croyez « qu'il est plus simple de donner le » nom de *complément* à ce que l'on appelle régime, parce qu'il » sert en effet à rendre complet le sens qu'on se propose d'expri» mer; et qu'on doit dire *tout simplement:* le complément de telle » préposition.... le complément objectif du verbe actif.... »

Je demanderai ce que c'est que le *complément d'un mot;* et si cette expression est sans figure? Au propre, un mot est complet, quand on l'a nettement prononcé, s'il s'agit d'un mot parlé; et quand on a tracé toutes ses lettres, s'il s'agit d'un mot écrit. Mais je dévie : vous avez dit vous-même que c'est *le complément du sens* d'un mot. — Alors quand vous dites qu'un nom est « le com» plément objectif du verbe actif », c'est une expression abrégée pour dire *le complément objectif du sens du verbe actif;* vous faites une ellipse, et une ellipse qu'aucun usage n'autorise. Qu'avez-vous de plus que l'ancien langage? vous remplacez une figure par une figure, une figure usuelle par une figure inouie, et de plus une figure juste par une figure fausse.

En effet, il n'est pas vrai que le régime complète le sens du verbe actif : quand je dis j'aime Dieu, *amo Deum*, le nom *Deum*

[a] *Enc.*, ibid.

fait connaître l'objet que j'aime, mais il n'ajoute rien à l'idée d'aimer, qu'exprime le seul mot *amo*. Ce verbe, à lui seul, énonce *complètement* l'idée qu'il signifie, autrement il ne la signifierait pas; et en général il y a contradiction à dire qu'un mot a besoin d'un autre mot pour compléter sa propre signification.

Mais le *complément* eût-il et la propriété et la justesse qui lui manquent, il le céderait au *régime* en précision. Celui-ci n'a jamais été appliqué qu'aux cas du nom et aux modes du verbe. Le *complément*, d'après Beauzée lui-même [a], désigne l'adjectif qui *complète* un nom, le nom qui *complète* un adjectif, ou une préposition, ou un verbe, etc. etc., en un mot, tout ce qui peut *compléter* le sens d'une phrase, c'est-à-dire, tous les mots possibles. Il est clair que, pour que ce mot puisse remplacer le terme *régime*, il faut qu'on le borne à l'emploi qu'avait ce terme, et pour cela que l'on convienne de restreindre sa signification naturelle. Or, qu'y a-t-il à gagner à rejeter des termes dont l'emploi, quoique figuré, est précisé par l'usage, pour en adopter d'un sens arbitrairement restreint?

Je n'aurais pas discuté aussi longuement sur un seul mot, si ce mot n'eût été adopté par des auteurs accrédités, MM. Gueroult, Burnouf et autres, sur l'invitation de Beauzée qui pourtant se réfute lui-même, et si les attaques inconsidérées de cet écrivain contre les termes reçus n'eussent jeté la langue de la syntaxe dans une véritable anarchie. Je ne doute pas que le langage vicieux adopté par M. Gueroult ne soit la principale cause du discrédit complet où sont tombées ses grammaires: et peut-être la méthode de M. Burnouf n'obtiendrait-elle pas tout le succès dont elle jouit d'ailleurs à juste titre, si les professeurs mettaient à la syntaxe grecque autant d'importance qu'ils en mettent à la syntaxe latine, et s'ils la fesaient apprendre la première.

Dumarsais a employé souvent le mot *complément;* mais ce n'est pas son terme d'adoption. Au *régime*, il substitue le *rapport de détermination;* en conséquence, tel nom est le *déterminant* d'une préposition; le régime direct est le *déterminant nécessaire* [b]

[a] *Enc.,* au mot *régime.*

[b] Au mot *construction.*

ou *essentiel* du verbe ; le régime indirect en est le *déterminant attributif* [a]. On peut appliquer à cette incommode nomenclature ce que nous avons dit du *complément*. Il est aisé de voir que, dans une phrase quelconque, tout mot détermine tout autre mot, ou plus exactement tout mot sert à compléter la pensée conçue par celui qui écoute ; qu'ainsi tout mot peut être appelé *déterminant* ou *complément* relativement à tout autre : *rapport* de *détermination* ne dit donc rien de plus précis que *rapport* tout seul ; et c'est de toutes les expressions la plus étendue et la plus vague [b]. Comment peut-on croire que ce grand mot, pesant et inexpressif, puisse remplacer un terme dont le sens, quoique métaphorique, est net et précis ? Chose singulière ! Dumarsais, comme Beauzée, discrédite lui-même son expression, en en montrant la trop grande étendue (au mot *construction*). Ce qui ne l'empêche pas d'en user jusqu'à l'abus, et l'abus le plus fatigant.

Quoique Condillac loue et suive presque en tout point la doctrine de Dumarsais, il tenait trop à l'élégance du style pour adopter sa lourde nomenclature. Il y substitue *objet* et *terme*, (pour régime direct et indirect) ; le sujet d'une phrase est chez lui *le nom de la phrase* [c]. Ce langage nous paraît beaucoup plus vague et tout aussi figuré que l'ancien. D'ailleurs malgré la juste renommée du philosophe qui le proposait, personne ne l'a adopté : cette réfutation, que tant de gens regardent comme irrécusable, nous dispense d'en donner une autre.

M. de Tracy emploie volontiers les mots consacrés par l'usage ancien.

M. Lemare s'échauffe surtout contre *le sujet* [d]. Il ne voit dans ce mot que le sens de son étymologie, ou le sens de cette expression *les sujets de Pygmalion* ; et il blâme avec insulte le choix que l'on en fait pour désigner « le mot primordial ou chef de la proposition. » Cependant ce choix est tout-à-fait conforme à

[a] Voy. *concordance*.

[b] Cette réfutation est indiquée par Destutt, *Gramm.*, ch. IV, sect. 2, § 1er.

[c] *Gramm.*, ch. 27.

[d] Lem., *Cours franç.*, t. 2 ; *Syntaxe*, p. 561.

l'usage de notre langue. En effet, M. Lemare peut avoir raison contre les grammairiens qui disent *le sujet du verbe*. Mais est-ce un jeu de mots enfantin, qui nous empêcherait de dire que *Pygmalion* est le SUJET DE LA PHRASE suivante :

« Pygmalion tourmenté par la soif insatiable des richesses, se » rend de plus en plus méprisable et odieux à ses sujets. » (Fénélon cité par M. Lemare.)

Quel est le sujet traité dans cette phrase ? pour qui est-elle faite ? De qui parle-t-elle ? N'est-ce pas de Pygmalion ? Il est donc le *sujet de cette phrase*. En parlant ainsi, ne prenons-nous pas le mot *sujet* dans le sens exact de ce vers du critique ?

> Jamais sans l'épuiser n'abandonne un *sujet*.
>
> (ART POÉT.)

Ce terme *sujet*, convenablement employé, ne nous paraît donc pas plus répréhensible que *régime*.

Jamais science n'eut un langage technique plus restreint que la syntaxe : il consiste en trois mots, ACCORD, SUJET et RÉGIME. Et jamais la nomenclature la plus étendue ne donna lieu à plus de débats.

Concluons de tout ce qui précède que les modernes ont fait des efforts inutiles pour substituer des termes rigoureux au langage métaphorique des anciens; qu'il convient de conserver ce langage pour la facilité de l'analyse ; mais qu'il importe beaucoup de faire remarquer souvent aux élèves qu'il est figuré et en quoi il est figuré, afin d'assurer la rectitude de leurs idées et de simplifier l'explication élémentaire des phrases.

II. USAGE DE LA GRAMMAIRE,

ET MÉTHODE POUR LÉTUDE DU LATIN.

De la méthode d'enseignement. Devant parler ici de l'usage que nos élèves font de cette grammaire, il nous semble à propos de faire connaître d'abord, suivant la demande de plusieurs instituteurs et pères de famille, les procédés que fournit la *méthode naturelle* pour l'enseignement ou l'étude de la langue latine. Ce n'est pas cette méthode que nous avons dessein d'exposer ici : le nombre des brochures qu'elle a fait naître a atteint et dépassé de beaucoup le besoin : et l'on ne saurait choisir une source plus pure et plus abondante que les ouvrages mêmes de M. Jacotot, d'où sont découlés tous les autres. Nous rappellerons seulement en peu de mots les procédés que ce grand maître en éducation indique pour l'étude des langues.

L'étude du latin, comme de tout autre idiôme, se réduit à deux opérations : la première, apprendre un livre; la seconde, en raconter un autre.

Celui qui sait un livre est capable d'en raconter un second ; et celui qui raconte en une langue sait cette langue.

1re opération. Il faut donc apprendre jusqu'à SAVOIR. Pour atteindre à cette perfection, on récite son livre, on répète tous les jours ce que l'on a récité, on vérifie tous les jours ce que l'on a répété.

On vérifie en faisant toutes les réflexions possibles, en répondant à toutes les questions possibles sur les pages que l'on étudie. Vérifier est l'œuvre du jugement, comme répéter est l'œuvre de la mémoire. Mais, ainsi que la répétition ne porterait pas de fruit sans la vérification, celle-ci n'aurait pas d'objet sans la répétition. On vérifie quand on résume, quand on compare, quand on commente, quand on explique, quand on imite, quand on reproduit. Ainsi, l'on peut demander

le résumé, l'abrégé du livre entier, ou de tout ce que l'on en sait ; d'une époque, d'une vie, d'un chapitre.

— la comparaison de deux chapitres, de deux hommes, de deux actions, de deux phrases, de deux mots; expliquer en latin et avec détail leurs ressemblances et leurs différences.

— le commentaire (c'est-à-dire ce que l'on pense) d'un fait, d'une réflexion, d'une parole; ses causes, ses effets ou conséquences; remonter de cause en cause, descendre d'effet en effet.

— le sens des phrases [a]; — puis des mots; — des syllabes.

— imiter un chapitre en en refaisant un autre ou en développant quelqu'autre action.

— composer soi-même des chapitres, des récits, des vies, sur tous les sujets donnés.

Faire tout cela et tous les autres exercices que chacun peut imaginer, en les rapportant toujours au livre appris, c'est ce que les praticiens de la méthode naturelle appellent vérifier.

Les longues heures d'une journée d'étude peuvent être remplies utilement à écrire quelqu'une de ces vérifications : c'est faire un *devoir*. Le *devoir* a moins pour objet d'avancer dans la connaissance d'une langue que de témoigner des progrès que l'on y a faits.

Voici, pour exemple, quelques sujets de devoir.

Sur le ch. 135 de l'*Epitome* : Josephi mortem lugent Ægyptii.

Sur le 151 : Davidis verba novissima ad Salomonem.

Sur le 166 : Mors Jacobi.

Sur le 171 : Salomon amittit sapientiam.

Etc. etc. etc.

Sur la vie de Miltiade, ch. 1 et 2 : Cimon Amphipolim constituit. — Lacedæmonii Pheras constituunt. — Ch. 7 et 8 : Themistocles exilii damnatur.

Sur Themistocle, ch. 1 : Cimon à patre instituitur. — Ch. 2 : Annibal Italiam invadit. — Ch. 9 : Toutes les lettres supposables.

Sur Aristide, ch. 1 : Alcibiades absens reus fit.

Sur Pausanias : Vita Agesilai. — ch. 2 : Annibal Antiochum in Romanos concitat. — Ch. 5 : Cononis mors.

[a] Des phrases. Voyez Rollin, l. I, ch. 3.

Sur Alcibiade, ch. 10 : Mors Pyrrhi. — Ch. 7 : Claudii Neronis triumphus (T. Liv. Lib. XXVII et XXVIII).

Etc. etc.

2e opération. Chacun sait ce que c'est que raconter ; cela diffère de répéter, en ce que l'on a le choix des mots et des expressions. Au reste ces mots et ces expressions ne peuvent être que ceux du livre que l'on a lu ou de celui que l'on a récité. L'enfant raconte d'abord une page en la défigurant. On lui passe toutes ses fautes, parce que son attention suffira pour les rendre chaque jour plus rares. Mais on ne le laisse pas long-temps à si courte tâche, parce qu'il en ferait bientôt un jeu de mémoire, s'accoutumerait à la paresse de l'esprit, et ne donnerait au lieu d'un narré qu'une leçon.

Nous faisons apprendre *Epitome historiæ sacræ*, et raconter *Cornelius Nepos* (édition Quicherat, chez Hachette). Tout autre livre serait également bon pour l'application de la méthode. Les élèves lisent plus tard Virgile, Horace, Tite-Live, Cicéron, Tacite : ce n'est plus comme étude de langue, mais de littérature.

De l'étude de la grammaire. D'après ce qui précède, on voit que l'étude de la grammaire est une vérification. Cette vérification commence par des observations spontanées avant que l'on ait entre les mains le livre de théorie ; elle se termine à l'analyse grammaticale des mots et des phrases. Les élèves ne font donc usage de ce livre que pour compléter et classer leurs observations, et pour connaître les termes de grammaire.

Ils n'en apprenent rien par cœur, si ce n'est au plus les tableaux § 1, 9, 20, 45.

Ils commencent par faire tous les jours un exercice d'*analyse latine* élémentaire, d'abord de vive voix, ensuite en devoir. Tableau § 1.

Pour cela, ils apprennent à dire la première colonne du tableau § 1, c'est-à-dire la simple distinction des sortes de mots : *Deus*, nom ; *creavit*, verbe. Ils s'exercent avec leur auteur sur chaque sorte séparément, reconnaissant tous les verbes, tous les adjectifs, tous les noms, etc., jusqu'à ce qu'ils les distinguent bien : de très-jeunes enfants peuvent mettre à cela deux ou trois semaines.

Ils étendent l'analyse à nommer les noms et les verbes : *Deus* nom *Deus, De i; creavit* verbe *creo, cre as, cre are;* puis le numéro des conjugaisons et des déclinaisons. Ils apprennent, aussitôt qu'ils en sentent le besoin, le tableau de conjugaison, § 9, et ils s'exercent sur les verbes de l'auteur; puis le tableau de déclinaison, § 45, et ils s'exercent sur les noms, adjectifs et participes.

Nous ne faisons aucun usage des tableaux § 40 et suivants, où les noms latins sont déclinés avec une traduction française, qui est nécessairement défectueuse. *Rosâ* peut être régi par seize prépositions, il peut être dans une foule de phrases sans préposition exprimée, et devoir se rendre sans préposition française. Si vous donnez à l'élève comme un fait général que *rosâ* veut dire *de la rose*, vous lui créez exprès une entrave pour ses versions : il traduira sans cesse le *partibus factis* de Phèdre, par *des parts faites*, etc. Cet inconvénient est commun aux autres cas, quoiqu'à un moindre degré. C'est à la syntaxe d'apprendre comment on peut traduire chaque cas. — Pourquoi donc avez-vous mis ces tableaux ? — En faveur de ceux qui les jugent utiles. Les autres sauront tourner le feuillet.

On complète l'analyse : on s'y exerce chaque jour de vive voix et par écrit. On note les mots qui ont embarrassé, pour les redire.

Le maître exige que les diverses parties de l'analyse d'un mot soient toujours prononcées ou écrites dans l'ordre fixé par les tableaux § 1 et § 2. Cet ordre est motivé sur la succession des connaissances. Il est d'expérience qu'une constante uniformité dans cette pratique rend le souvenir plus facile, plus net et plus sûr.

On peut remarquer à ce propos :

Que nous nommons le numéro de la conjugaison, avant de dire le parfait et le supin. Nous indiquons par-là que ces deux temps et tous ceux qu'ils forment ne varient pas selon les conjugaisons : en effet, leurs terminaisons sont les mêmes dans tous les verbes latins, sans exception. Outre ce motif d'exactitude, l'espèce de pause que fait l'élève entre l'infinitif et le parfait, (*do, das, dare...... dedi*), lui permet de se rappeler qu'il peut y avoir changement de base (ou altération de la racine), ce qui arrive en effet dans presque tous les verbes; et nous avons éprouvé que cette espèce d'avis indirect épargne à l'oreille du maître un bon nombre de barbarismes.

On peut remarquer encore que nous ne disons pas: lucem, nom *venant de* lux, lucis, mais *nom lux, lucis*. En effet, ces deux mots *lux, lucis* nous servent à désigner le nom, à l'appeler: ce sont, pour ainsi dire, ses noms et prénoms: mais ce n'est pas à dire pour cela que ces deux cas soient l'origine des autres. Il y a, entre tous les cas d'un même nom, fraternité et non pas filiation. L'étude des origines ne nous apprend point quel est l'aîné de ces frères: mais il est bien prouvé que le nominatif est le plus jeune, au moins quant à sa forme actuelle dans la plupart des noms de la troisième déclinaison. (Voy. P. R. [a] et M. Lemare [b]). *Lux* est pour *lucs*, contracté de *lucis*. Il y a donc erreur à dire que *lucem* vient de *lux*. Il y a absurdité ou défaut de sens, si l'on dit *Deus, nom venant de Deus*. La qualité la plus précieuse qu'un maître puisse fortifier dans l'esprit de ses élèves, c'est la justesse des idées.

Par les exercices précédents on se rend maître, sans effort et sans dégoût, de toute la première partie de la grammaire.

Si l'on veut ensuite passer à la Syntaxe, on s'exerce à en rendre compte; et on l'applique perpétuellement à l'auteur que l'on voit. Le maître procède principalement par des questions; et comme dessus, il note celles qui ont embarrassé, pour les proposer de nouveau. Il occupe les intervalles des classes par divers travaux intéressants: ainsi il indique deux ou trois des phrases modèles de la syntaxe; les élèves doivent recueillir dans leur livre et traduire une masse de phrases semblables, puis en tirer une con-

[a] *Méth. lat.*, p. 94 et suiv.

[b] *Cours lat.*, p. 57, 58, 110, 112 et 122.

clusion. Ils doivent conserver une liste des phrases qui rappellent les règles les plus importantes, pour les revoir périodiquement. D'autres fois ils doivent faire, sur ces phrases citées, des phrases pareilles, qui d'abord sont détachées et sans liaison, mais qui peuvent ensuite se fondre en un récit suivi.

On se sert de la connaissance de la syntaxe pour se rendre compte des phrases que l'on veut expliquer : on s'en sert aussi pour les imiter et exprimer correctement une pensée latine.

On voit que le principal but de la grammaire, comme de tout livre théorique, est moins d'être apprise que d'être consultée dans le besoin, et de fournir des cadres aux observations et imitations spontanées que l'on peut faire.

MM. les Professeurs qui, en faisant usage de cette grammaire, y remarquent des fautes à corriger et des améliorations à faire, sont instamment priés d'adresser leurs observations (franc de port) à MM. Perisse. En cédant à cette prière, ils mériteront bien de l'Éditeur, et peut-être aussi de l'enseignement.

ANALYSE

ÉLÉMENTAIRE

DE LA

LANGUE LATINE.

LIVRE PREMIER.

ANALYSE DES MOTS.

§ 1. TABLEAU COMPLET DE L'ANALYSE ÉLÉMENTAIRE.

Mot	Espèce	Analyse
Deus.....	nom	*De* { *us*, *i*, } 2e déclinaison, nominatif, singulier, masculin [a].
creavit...	verbe	*cre* { *o*, *as*, *are*, } 1re conjugaison, *creav i*, *creat um*; au sing. de la 3e pers. indicatif parfait.
cœlum...	nom	*cœl* { *um*, *i*, } 2e déclin. accusatif, singulier, neutre.
et..........	conjonction.	
terram...	nom	*terr* { *a*, *æ*, } 1re déclin. accusatif, singulier, féminin.
intrà.....	préposition.	
sex.......	adjectif	{ indéclinable, pluriel.
dies.......	nom	*di* { *es*, *ei*, } 5e déclinais. accusatif, pluriel, masculin.

[a] Cette manière d'écrire est abrégée pour : nom *De us*, *De i*, de la 2e déclinaison, au nominatif, au singulier et du masculin. Il est bon d'abréger aussi en prononçant. Il importe néanmoins que l'élève remarque, pour la justesse des idées, que ce n'est pas le nominatif qui est singulier ni masculin; que le nominatif, le singulier et le masculin sont trois accidents qui se rapportent au nom, et qui n'ont entr'eux aucune dépendance. La disposition du tableau a pour but de montrer aux yeux cette indépendance et ce vrai rapport : le maître choisira, pour la manière d'écrire l'analyse, entre ce premier tableau et le suivant, selon l'application et les habitudes soigneuses des élèves.

Primo... adjectif
- *prim us, a, um,* — 1re et 2e déclin.
- ablatif,
- singulier,
- masculin.

fecit...... verbe
- *fac io, is, ere,* — 3e et 4e conjugais.
- *fec i, fact um ;*
- au sing. de la 3e pers.
- indicatif parfait.

lucem.... nom
- *lux, luc is,* — 3e déclinais.
- accusatif,
- singulier,
- féminin.

quod..... adjectif
- *qu i, æ, od, cu jus,* — déclinaison irrégulière,
- accusatif,
- singulier,
- neutre.

coegit... verbe
- *cog o, is, ere,* — 3e conjug.
- *coeg i,*
- *coact um ;*
- au sing. de la 3e pers.
- indicatif parfait.

in......... préposition.

unum.... adjectif
- *un us, a, um, un ius,* — irrégulier de la 1re et 2e déclin.
- accusatif,
- singulier,
- masculin.

locum... nom
- *loc us, i,* — 2e déclin.
- accusatif,
- singulier,
- masculin.

arbores. nom
- *arbor, arbor is,* — 3e déclin.
- accusatif,
- pluriel,
- féminin.

solem... nom
- *sol, sol is,* — 3e déclinais.
- accusatif,
- singulier,
- masculin.

aves..... nom
- *av is, is,* — 3e déclinais.
- accusatif,
- pluriel,
- féminin.

quæ...... adjectif
- *qu i, æ, od, cu jus* — déclinaison irrégulière,
- nominatif,
- pluriel,
- féminin.

aëre...... nom
- *aër, aer is,* — 3e déclinais.
- ablatif,
- singulier,
- masculin.

omnia... adjectif
- *omn is, e, omn is,* — 3e déclin.
- accusatif,
- pluriel,
- neutre.

animantia... nom
- *animans, animant is,* — 3e décl.
- accusatif,
- pluriel,
- neutre.

postremò. adverbe.

hominem. nom
- *homo, homin is,* — 3e déclin.
- accusatif,
- singulier,
- masculin.

quievit... verbe
- *quiesc* { *o*, *is*, *ere*, } 3e conj.
- *quiev i*, *quiet um*;
- au sing. de la 3e pers.
- indicatif parfait.

corpus... nom
- *corpus*, *corpor is*, } 3e déclin.
- accusatif,
- singulier,
- neutre.

dedit..... verbe
- *d* { *o*, *as*, *are*, } 1re conjug.
- *ded i*, *dat um*;
- au sing. de la 3e pers.
- indicatif parfait.

illi........ adjectif
- *ill* { *e*, *a*, *ud*, } *ill ius*, } irrég. de la 1re et 2e décl.
- datif,
- singulier,
- masculin.

viventem. verbe
- *viv* { *o*, *is*, *ere*, } 3e conjug.
- *vix i*, *vict um*;
- au participe simultané.
- accusatif,
- singulier,
- féminin.

suam..... adjectif
- *su* { *us*, *a*, *um*, } 1e et 2e décl.
- accusatif,
- singulier,
- féminin.

ejus...... adjectif
- *is*, *ea*, *id*, *e jus*, } irrégulier de la 1re et 2e décl.
- génitif,
- singulier,
- masculin.

dormientis verbe
- *dorm* { *io*, *is*, *ire*, } 4e conjug.
- *dormiv i*, *dormit um*;
- au participe simult.
- génitif,
- singulier,
- masculin.

sic........... conjonction.

que......... conjonction.

fuit......... verbe
- *sum*, *es*, *esse*, } conjug. irrég.
- *fu i*, sans supin;
- au sing. de la 3e pers.
- indicatif parfait.

amœnissimo adj.
- *amœn* { *us*, *a*, *um*, } 1re et 2e déclin.
- au superlatif,
- *amœnissim* { *us*, *a*, *um*, } 1re et 2e décl.
- ablatif,
- singulier,
- masculin.

solet..... verbe
- *sol* { *eo*, *es*, *ere*, } 2e conjug.
- *solit us*;
- au sing. de la 3e pers.
- indicatif présent.

ingens... adjectif
- *ingens*, *ingent is*, } 3e déclin.
- nominatif,
- singulier,
- masculin.

aspectu.. nom
- *aspect* { *us*, *ûs*, } 4e décl.
- ablatif,
- singulier,
- masculin.

utere...... verbe
- *ut* { *or*, *eris*, *i*, } déponent de la 3e conj.
- *us us*;
- au sing. de la 2e pers.
- impératif.

non....... adverbe.

istius..... adjectif
- *ist* { *e*, *a*, *ud*, } irrég. de la 1e et 2e décl.
- *ist ius*,
- génitif,
- singulier,
- masculin.

minimè.. adverbe au superlatif (le positif inusité est remplacé par *parùm*).

inquit.... verbe
- *inqu* { *io*, *is*, » } défectueux de la 3e et 4e conjug.
- *inqu isti*, sans supin ;
- au sing. de la 3e pers.
- indicatif parfait.

his........ adjectif
- *hic*, *hæc*, *hoc*, *hu jus*, irrégul. de la 1re et 2e décl.
- ablatif,
- pluriel,
- neutre.

obtulit... verbe
- *offer* { *o*, *s*, *re*, } irrég. de la 3e conjug.
- *obtul i*, *oblat um*;
- au sing. de la 3e pers.
- indicatif parfait.

viro....... nom
- *vir*, *vir i*, } 2e déclinaison,
- datif,
- singulier,
- masculin.

se.......... nom
- de la 3e personne,
- » *suî*, déclin. irrégul.
- accusatif,
- singulier,
- masculin.

me......... nom
- de la 1re personne,
- *ego*, *meî*, } déclin. irrégul.
- accusatif,
- singulier,
- masculin.

nisi...... conjonction.

quia..... conjonction.

vetitum. verbe
- *vet* { *o*, *as*, *are*, } 1re conjug.
- *vetu i*, *vetit um*;
- au partic. passé passif
- accusatif,
- singulier,
- masculin.

te.......... nom
- de la 2e personne,
- *tu*, *tuî*, } déclin. irrégul.
- accusatif,
- singulier,
- masculin.

ipsa...... adjectif
- *ips* { *e*, *a*, *um*, } irrégul. de la 1re et 2e déclinais.
- *ips ius*,
- nominatif,
- singulier,
- féminin.

multis... adjectif
- *mult* { *us*, *a*, *um*, } 1re et 2e déclinais.
- ablatif,
- pluriel,
- neutre.

abeas.... verbe
- *ab* { *eo*, *is*, *ire*, } irrégul. de la 4e conjug.
- *abiv i*, *abit um*;
- au sing. de la 2e pers.
- subjonctif présent.

ortus..... verbe
- *or* { *ior*, *iris*, *iri*, } déponent de la 4e conj.
- *ort us*;
- au participe passé,
- nominatif,
- singulier,
- masculin.

es........ verbe
- *sum, es, esse,* conjug. irrég.
- *fu i,* sans supin,
- au sing. de la 2ᵉ pers.
- indicatif présent.

uterque.... adj.
- *ut er que, utr a que, utr um que, utr ius que,* irrég. de la 1ʳᵉ et 2ᵉ décl.
- nominatif,
- singulier,
- masculin.

age....... verbe
- *ag o, is, ere,* 3ᵉ conjug.
- *eg i, act um;*
- au sing. de la 2ᵉ pers.
- impératif.

eamus.... verbe
- *eo, is, ire,* irrégulier de la 4ᵉ conjugaison,
- *iv i, it um;*
- au plur. de la 1ʳᵉ pers.
- subjonctif présent.

ambo..... adjectif
- qui n'a point de sing.
- *ambo, ambæ, ambo,* irrég. de la 1ʳᵉ et 2ᵉ décl.
- nominatif,
- pluriel,
- masculin.

quid...... adjectif
- *qu is, æ, id, cu jus,* déclin. irrég.
- accusatif,
- singulier,
- neutre.

significabatur verbe
- *signific o, as, are,* de la 1ᵉ conj.
- *significav i, significat um;*
- au sing. de la 3ᵉ pers.
- indicatif imparfait,
- passif.

perdendum verbe
- *perd o, is, ere,* 3ᵉ conj.
- *perdid i, perdit um;*
- au partic. futur passif,
- accusatif,
- singulier,
- masculin.

pejores.. adjectif
- dont le positif inusité est remplacé par
- *mal us, a, um,* 1ʳᵉ et 2ᵉ déclin.
- au comparatif
- *pejor, pejor is,* 3ᵉ déclin.
- accusatif,
- pluriel,
- masculin.

quàm.... conjonction.

priùs.... adverbe au comparatif (le positif est inusité).

ait........ verbe
- *a io, is,* » défectueux de la 3ᵉ et 4ᵉ conj.
- *a isti,* sans supin;
- au sing. de la 3ᵉ pers.
- indicatif parfait.

prior..... adjectif
- dont le positif est inusité,
- au comparatif,
- *prior, prior is,* 3ᵉ déclin.
- nominatif,
- singulier,
- masculin.

ausim... verbe
- *aud eo, es, ere,* 2ᵉ conjug.
- *aus us;*
- au sing. de la 1ʳᵉ pers.
- subjonct. prés. irrég.

propiùs. adverbe *propè*, au comparatif.

oderant..... verbe { sans 1re série, *od i, os um;* au plur. de la 3e pers. indicat. plus-que-par.

occidendi. verbe { *occid* { *o, is, ere,* } 3e conj. *occid i, occis um;* au partic. futur passif, génitif, singulier, masculin.

fiebant...... verbe { *f* { *io, is,* *fieri,* } irrégul. de la 3e et 4e conj. *fact us;* au plur. de la 3e pers. indicatif imparfait.

memineris verbe { sans 1re série, *memin i,* sans supin; au sing. de la 2e pers. subjonctif parfait.

potiùs....... adverbe *potè*, au comparatif.

ô............. interjection.

Jonathas... nom { *Jonath* { *as, æ,* } 1e décl. grecque, nominatif, singulier, masculin.

---

§ 2. LE MÊME TABLEAU POUR CEUX QUI COMMENCENT PAR LE LIVRE DE PHÈDRE.

OEsopus. nom — *OEsopus, OEsop i,* de la 2e déclin. nominatif, singulier, masc.

auctor..... nom — *auctor, is,* 3e déclin. nominatif, sing. masc.

quam...... adject.[a] — *qui, quæ, quod, cujus,* décl. irrégulière; accusatif, sing. fém.

materiam.. nom — *materia, æ,* 1e décli[n]. acc. sing. fém.

reperit....... verbe — *reper io, is, ire,* 4e conjug. *reper i, reper[t] um;* sing. de la 3e pers. indicatif parfait.

hanc.......... adj. — *hic, hæc, hoc, hujus* irrégulier de la 1e [et] de la 2e déclinaison acc. sing. fém.

ego........... nom — de la 1e personne, *eg[o]* *mei*, décl. irrégulière nom. sing. masc.

polivi......... verbe — *pol io, is, ire,* 4e con[j]. *poliv i, polit um;* sin[g]. 1e pers. indicat. par[f].

versibus..... nom — *versus, ûs,* 4e décli[n]. abl. plur. masc.

senariis..... adj. — *senarius, a, um,* de [la] 1e et de la 2e décli[n]. abl. plur. masc.

Duplex..... adj. — *duplex, duplic is,* 3[e] décl. nom. sing. mas[c].

est........... verbe — *sum, es, esse,* conju[g]. irrégulière, *fui,* sa[ns] supin; sing. 3e per[s]. indic. présent.

calumniari verbe — *calumni or, aris, ar[i]* déponent de la 1e con[j]. *calumniat us;* à l'inf[i]nitif simultané.

si.............. conjonction.

quis pour *aliquis* } adj. — *aliquis, aliqua, ali[quid]*, irrégulier de [la] 1e et de la 2e décl[i]naisons ; nom. sin[g]. masc.

voluerit...... verbe — *volo, vis, velle,* irrégu[l]. de la 3e conjug. *volu[i]* sans supin; sing. de 3e pers. indic. futur passé.

[a] Nous ne disons pas que le QUI français est adjectif, parce qu'il n'est jamais et ne peut jamais être joint à un nom comme adjectif; nous disons que *qui* latin est adjectif, parce qu'il peut être et qu'il est souvent joint à un nom comme adjectif, témoin le *quam* du prologue que nous analysons.

fictis.........	verbe	*fing o, is, ere,* 3e conj. *finx i, fict um ;* part. passé passif, ablatif, plur. fémin.
nos...........	nom	de la 1e personne, *ego, meî,* décl. irrég. accus. plur. masc.
meminerit.	verbe	sans première série, *memin i,* sans supin, sing. 3e pers. indicatif futur-passé.
eumdem....	adj.	*idem, eadem, idem, ejusdem,* irrégul. de la 1e et de la 2e déclin. acc. sing. masc.
superior....	adj.	*superus, a, um,* 1e et 2e déclin. comparatif *superi or, or is,* 3e décl. nomin. sing. masc.
stabat........	verbe	*sto, as, are,* 1e conjug. *stet i, stat um ;* sing. 3e pers. ind. imparf.
inquit........	verbe	*inqu io, is,* défectueux de la 3e et 4e conjug. *inqu isti,* sans supin; singul. de la 3e pers. indic. parfait.
quæso.......	verbe	*quæso,* défectueux, (qui n'a que *quæsumus,*) singul. 1e pers. indic. prés.
ille...........	adj.	*ille, illa, illud, ill ius,* irrég. de la 1e et de la 2e déclin. nom. sing. masc.
sex...........	adj.	indéclinable, pluriel.
secunda.....	adj.	*secundus, a, um,* 1e et 2e déclinaisons ; nom. sing. fém.
inquinassent contracté pour *inquinavissent*	verbe	*inquin o, as, are,* 1e conj. *inquinav i, atum;* plur. 3e pers. subjonctif plus-que-parfait.
libeat........	verbe	unipersonnel, *lib et, ere,* 2e conjug. *libu it, libit um,* singul. de la 3e personne, subjonctif présent.
potiùs........	adv.	*potè,* au comparatif.
priùs.........	adv.	au comparatif (le positif est inusité).
jure...........	nom	*jus, jur is,* 3e déclin. ablatif, sing. neutre.
jurando.....	verbe	*jur o, as, are,* 1e conj. *jurav i, at um ;* participe futur passif, abl. sing. neutre.
proximam.	adj.	dont le positif est inusité ; superlat. *proxim us, a, um,* 1e et 2e décl. accusatif, sing. fém.
propiorem.	adj.	dont le positif est inusité, comparatif *propi or, us, oris,* 3e déclin. acc. sing. masc.
fio.............	verbe	*fio, fis, fieri,* irrég. de la 3e et 4e conjug. *fact us,* sing. 1e pers. ind. présent.
cœpisset....	verbe	sans 1e série, *cœp i, cœpt um,* s. de la 3e personne, subjonctif plus-que-parfait.

MODÈLE DE VÉRIFICATION.

---

§ 3.

— Combien distinguez-vous de sortes de mots dans la phra latine ?

— Nous en distinguons sept : ce sont, d'après notre analyse le VERBE, l'ADJECTIF, le NOM, la PRÉPOSITION, l'ADVERBE, la CONJONCTION et l'INTERJECTION.

— Que faut-il regarder pour classer les mots d'une langue?

— Il faut regarder leur emploi ordinaire dans les phrases de cette langue.

— Combien distingue-t-on de *nombres?* — Quels sont-ils?

— Quand est-ce qu'un mot est au *singulier?* — au *pluriel?*

— Combien y a-t-il de *genres* en latin? — Quels sont-ils? — De quel genre est *proximam?* etc. — De quel nombre est *versibus? fictis*, — *loquantur?* etc.

— Combien distingue-t-on de personnes dans le discours?

— On distingue trois personnes :

La 1re est celle QUI parle ;

La 2e est celle A QUI l'on parle ;

La 3e est celle DE QUI l'on parle.

— De quelle personne est *polivi? eamus?* — *fecisti?* — *meminerit?* — *ego?* — *tu?* — *se?* — *Œsopus?*

CHAPITRE I. — DU VERBE.

§ 4. Verbe am o, as, are, 1re conjug.; amav i, amat um.

MODES.	TEMPS.	PREMIÈRE SÉRIE. PREMIÈRE CONJUGAISON.		TEMPS.	DEUXIÈME SÉRIE. MÊMES TERMINAISONS DANS TOUS LES VERBES.	
INDICATIF	PRÉSENT.	am o,	*j'aime,*	PARFAIT.	amav i,	*j'ai aimé,*
		am as,	*tu aimes,*		amav isti,	*tu as aimé,*
		am at,	*il aime,*		amav it,	*il a aimé,*
		am amus,	*nous aimons,*		amav imus,	*nous avons aimé,*
		am atis,	*vous aimez,*		amav istis,	*vous avez aimé,*
		am ant,	*ils aiment.*		amav erunt *ou* ēre,	*ils ont aimé* [a].
	IMPARFAIT.	am abam,	*j'aimais,*	PLUS-QUE-PARFAIT.	amav eram,	*j'avais aimé,*
		am abas,	*tu aimais,*		amav eras,	*tu avais aimé,*
		am abat,	*il aimait,*		amav erat,	*il avait aimé,*
		am abamus,	*nous aimions,*		amav eramus,	*nous avions aimé,*
		am abatis,	*vous aimiez,*		amav eratis,	*vous aviez aimé,*
		am abant,	*ils aimaient.*		amav erant,	*ils avaient aimé.*
	FUTUR.	am abo,	*j'aimerai,*	FUTUR-PASSÉ.	amav ero,	*j'aurai aimé,*
		am abis,	*tu aimeras,*		amav eris,	*tu auras aimé,*
		am abit,	*il aimera,*		amav erit,	*il aura aimé,*
		am abimus,	*nous aimerons,*		amav erimus,	*nous aurons aimé,*
		am abitis,	*vous aimerez,*		amav eritis,	*vous aurez aimé,*
		am abunt,	*ils aimeront.*		amav erint,	*ils auront aimé.*
IMPÉRATIF.		»				
		am a *ou* ato,	*aime,*			
		am ato,	*qu'il aime.*			
		»				
		am ate *ou* atote,	*aimez,*			
		am anto,	*qu'ils aiment.*			

[a] On traduit aussi :

j'aimai, tu aimas, il aima, nous aimâmes, vous aimâtes, ils aimèrent; ou :

j'eus aimé, tu eus aimé, il eut aimé, nous eûmes aimé, vous eûtes aimé, ils eurent aimé.

(Tournez, pour achever la 1re série.)

MODES.	TEMPS.	PREMIÈRE SÉRIE. *SUITE :* PREMIÈRE CONJUGAISON.		TEMPS.	DEUXIÈME SÉRIE. *SUITE :* MÊMES TERMINAISONS DANS TOUS LES VERBES.	
SUBJONCTIF	PRÉSENT.	am em,	*que j'aime,*	PARFAIT.	amav erim,	*que j'aie aimé,*
		am es,	*que tu aimes,*		amav eris,	*que tu aies aimé,*
		am et,	*qu'il aime,*		amav erit,	*qu'il ait aimé,*
		am emus,	*que nous aimions* [a],		amav erimus,	*que nous ayons aimé,*
		am etis,	*que vous aimiez,*		amav eritis,	*que vous ayez aimé,*
		am ent,	*qu'ils aiment.*		amav erint,	*qu'ils aient aimé.*
	IMPARFAIT.	am arem,	*que j'aimasse,*	PLUS-QUE-PARFAIT.	amav issem,	*que j'eusse aimé,*
		am ares,	*que tu aimasses,*		amav isses,	*que tu eusses aimé,*
		am aret,	*qu'il aimât,*		amav isset,	*qu'il eût aimé,*
		am aremus,	*que nous aimassions,*		amav issemus,	*que nous eussions aimé,*
		am aretis,	*que vous aimassiez,*		amav issetis,	*que vous eussiez aimé,*
		am arent,	*qu'ils aimassent* [b].		amav issent,	*qu'ils eussent aimé* [c].
INFINITIF	SIMULTANÉ.	am are,	*aimer.*	PARFAIT.	amav isse,	*avoir aimé* [d].

PARTICIPE SIMULTANÉ.		am ans, / am antis,	*aimant.*
GÉRONDIFS.	ACC.	am andum,	*aimer.*
	ABL.	am ando,	*en aimant.*
	GÉN.	am andi,	*d'aimer.*

TROISIÈME SÉRIE.			
SUPINS.	ACC.	amat um,	*aimer.*
	ABL.	amat u,	*à aimer.*
PARTICIPE FUTUR.		amat ur us, / amat ur a, / amat ur um,	*devant aimer.*

Ainsi se conjuguent :

form	o, as, are, 1re *conj.*	av i, at um,	*former.*
appell	o, as, are, 1re *conj.*	av i, at um,	*appeler.*
nomin	o, as, are, 1re *conj.*	av i, at um,	*nommer.*
volit	o, as, are, 1re *conj.*	av i, at um,	*voltiger.*
cre	o, as, are, 1re *conj.*	av i, at um,	*créer.*
d	o, as, are, 1re *conj.*	ded i, dat um,	*donner.*
st	o, as, are, 1re *conj.*	stet i, stat um,	*se tenir.*
mic	o, as, are, 1re *conj.*	u i,	» *briller.*
vet	o, as, are, 1re *conj.*	u i, it um,	*défendre.*

a On traduit aussi par l'impératif : *aimons.*

b On traduit aussi : *j'aimerais, tu aimerais, etc.*

c On traduit souvent les temps du subjonctif, comme ceux de l'infinitif, par *aimer, avoir aimé,* ou comme ceux de l'indicatif, *j'aime, j'aimais, j'ai aimé, j'avais aimé.*

d On traduit souvent les deux temps de l'infinitif comme ceux de l'indicatif, avec un *que* ajouté ;

amare, { *que j'aime,* ou *que tu aimes,* ou *etc.* / *que j'aimais, que tu aimais,* ou *etc.*

amavisse, { *que j'ai aimé, que tu as aimé, etc.* / *que j'avais aimé, que tu avais aimé, etc.*

§ 5. Verbe mon eo, es, ere, 2e conjug.; monu i, monit um.

MODES.	TEMPS.	PREMIÈRE SÉRIE. DEUXIÈME CONJUGAISON.		TEMPS.	DEUXIÈME SÉRIE. MÊMES TERMINAISONS DANS TOUS LES VERBES.	
INDICATIF	PRÉSENT.	mon eo,	*j'avertis,*	PARFAIT.	monu i,	*j'ai averti,*
		mon es,	*tu avertis,*		monu isti,	*tu as averti,*
		mon et,	*il avertit,*		monu it,	*il a averti,*
		mon emus,	*nous avertissons,*		monu imus,	*nous avons averti,*
		mon etis,	*vous avertissez,*		monu istis,	*vous avez averti,*
		mon ent,	*ils avertissent.*		monu erunt *ou* êre,	*ils ont averti* [a].
	IMPARFAIT.	mon ebam,	*j'avertissais,*	PLUS-QUE-PARFAIT.	monu eram,	*j'avais averti,*
		mon ebas,	*tu avertissais,*		monu eras,	*tu avais averti,*
		mon ebat,	*il avertissait,*		monu erat,	*il avait averti,*
		mon ebamus,	*nous avertissions,*		monu eramus,	*nous avions averti,*
		mon ebatis,	*vous avertissiez,*		monu eratis,	*vous aviez averti,*
		mon ebant,	*ils avertissaient.*		monu erant,	*ils avaient averti.*
	FUTUR.	mon ebo,	*j'avertirai,*	FUTUR-PASSÉ.	monu ero,	*j'aurai averti,*
		mon ebis,	*tu avertiras,*		monu eris,	*tu auras averti,*
		mon ebit,	*il avertira,*		monu erit,	*il aura averti,*
		mon ebimus,	*nous avertirons,*		monu erimus,	*nous aurons averti,*
		mon ebitis,	*vous avertirez,*		monu eritis,	*vous aurez averti,*
		mon ebunt,	*ils avertiront.*		monu erint,	*ils auront averti.*
IMPÉRATIF.		»				
		mon e *ou* eto,	*avertis,*			
		mon eto,	*qu'il avertisse,*			
		»				
		mon ete *ou* etote,	*avertissez,*			
		mon ento,	*qu'ils avertissent.*			

[a] On traduit aussi :

j'avertis, tu avertis, il avertit, nous avertîmes, vous avertîtes, ils avertirent; ou :

j'eus averti, tu eus averti, il eut averti, nous eûmes averti, vous eûtes averti, ils eurent averti.

(Tournez, s. v. p.)

MODES.	TEMPS.	PREMIÈRE SÉRIE. *SUITE :* DEUXIÈME CONJUGAISON.		TEMPS.	DEUXIÈME SÉRIE. *SUITE :* MÊMES TERMINAISONS DANS TOUS LES VERBES.	
SUBJONCTIF	PRÉSENT.	mon eam,	*que j'avertisse,*	PARFAIT.	monu erim,	*que j'aie averti,*
		mon eas,	*que tu avertisses,*		monu eris,	*que tu aies averti,*
		mon eat,	*qu'il avertisse,*		monu erit,	*qu'il ait averti,*
		mon eamus,	*que n. avertissions*[a],		monu erimus,	*que nous ayons averti,*
		mon eatis,	*que v. avertissiez,*		monu eritis,	*que vous ayez averti,*
		mon eant,	*qu'ils avertissent.*		monu erint,	*qu'ils aient averti.*
	IMPARFAIT.	mon erem,	*que j'avertisse,*	PLUS-QUE-PARFAIT.	monu issem,	*que j'eusse averti,*
		mon eres,	*que tu avertisses,*		monu isses,	*que tu eusses averti,*
		mon eret,	*qu'il avertît,*		monu isset,	*qu'il eût averti,*
		mon eremus,	*que n. avertissions,*		monu issemus,	*que n. eussions averti,*
		mon eretis,	*que v. avertissiez,*		monu issetis,	*que vous eussiez averti,*
		mon erent,	*qu'ils avertissent*[b].		monu issent,	*qu'ils eussent averti*[c].
INFINITIF	SIMULTANÉ.	mon ere,	*avertir.*	PARFAIT.	monu isse,	*avoir averti.*

PARTICIPE SIMULTANÉ.		
	mon ens,	*avertissant.*
	mon entis,	
GÉRONDIFS.		
ACC.	mon endum,	*avertir.*
ABL.	mon endo,	*en avertissant.*
GÉN.	mon endi,	*d'avertir.*

TROISIÈME SÉRIE.		
SUPINS. ACC.	monit um,	*avertir.*
SUPINS. ABL.	monit u,	*à avertir.*
PARTICIPE FUTUR.	monit ur us,	*devant avertir.*
	monit ur a,	
	monit ur um,	

Ainsi se conjuguent :

prohib	eo, es, ere, 2e *conj.*	prohibu i,	prohibit um,	*défendre.*
respond	eo, es, ere, 2e *conj.*	respond i,	respons um,	*répondre.*
par	eo, es, ere, 2e *conj.*	paru i,	parit um,	*obéir.*
aug	eo, es, ere, 2e *conj.*	aux i,	auct um,	*augmenter.*
hær	eo, es, ere, 2e *conj.*	hæs i,	hæs um,	*être attaché.*

a On traduit aussi par l'impératif: *avertissons.*

b On traduit aussi : *j'avertirais, tu avertirais, il avertirait,* etc.

c On traduit souvent les temps du subjonctif comme ceux de l'infinitif, par *avertir, avoir averti,* ou comme ceux de l'indicatif : *j'avertis, j'avertissais, j'ai averti, j'avais averti.*

§ 6. Verbe leg o, is, ere, 3e conjug.; leg i, lect um.

MODES.	TEMPS.	PREMIÈRE SÉRIE. TROISIÈME CONJUGAISON.		TEMPS.	DEUXIÈME SÉRIE. MÊMES TERMINAISONS DANS TOUS LES VERBES.	
INDICATIF	PRÉSENT.	leg o,	*je lis,*	PARFAIT.	leg i,	*j'ai lu,*
		leg is,	*tu lis,*		leg isti,	*tu as lu,*
		leg it,	*il lit,*		leg it,	*il a lu,*
		leg imus,	*nous lisons,*		leg imus,	*nous avons lu,*
		leg itis,	*vous lisez,*		leg istis,	*vous avez lu,*
		leg unt,	*ils lisent.*		leg erunt *ou* ēre,	*ils ont lu* [a].
	IMPARFAIT.	leg ebam,	*je lisais,*	PLUS-QUE-PARFAIT.	leg eram,	*j'avais lu,*
		leg ebas,	*tu lisais,*		leg eras,	*tu avais lu,*
		leg ebat,	*il lisait,*		leg erat,	*il avait lu,*
		leg ebamus,	*nous lisions,*		leg eramus,	*nous avions lu,*
		leg ebatis,	*vous lisiez,*		leg eratis,	*vous aviez lu,*
		leg ebant,	*ils lisaient.*		leg erant,	*ils avaient lu.*
	FUTUR.	leg am,	*je lirai,*	FUTUR-PASSÉ.	leg ero,	*j'aurai lu,*
		leg es,	*tu liras,*		leg eris,	*tu auras lu,*
		leg et,	*il lira,*		leg erit,	*il aura lu,*
		leg emus,	*nous lirons,*		leg erimus,	*nous aurons lu,*
		leg etis,	*vous lirez,*		leg eritis,	*vous aurez lu,*
		leg ent,	*ils liront.*		leg erint,	*ils auront lu.*
IMPÉRATIF.		»				
		leg e *ou* ito,	*lis,*			
		leg ito,	*qu'il lise,*			
		»				
		leg ite *ou* itote,	*lisez,*			
		leg unto,	*qu'ils lisent,*			

[a] On traduit aussi :

je lus, tu lus, il lut, nous lûmes, vous lûtes, ils lurent ; ou :

j'eus lu, tu eus lu, il eut lu, nous eûmes lu, vous eûtes lu, ils eurent lu.

(Tournez, s. v. p.)

MODES.	TEMPS.	PREMIÈRE SÉRIE. *SUITE :* TROISIÈME CONJUGAISON.		TEMPS.	DEUXIÈME SÉRIE. *SUITE :* MÊMES TERMINAISONS DANS TOUS LES VERBES.	
SUBJONCTIF	PRÉSENT.	leg am,	*que je lise,*	PARFAIT.	leg erim,	*que j'aie lu,*
		leg as,	*que tu lises,*		leg eris,	*que tu aies lu,*
		leg at,	*qu'il lise,*		leg erit,	*qu'il ait lu,*
		leg amus,	*que nous lisions* [a],		leg erimus,	*que nous ayons lu,*
		leg atis,	*que vous lisiez,*		leg eritis,	*que vous ayez lu,*
		leg ant,	*qu'ils lisent.*		leg erint,	*qu'ils aient lu.*
	IMPARFAIT.	leg erem,	*que je lusse,*	PLUS-QUE-PARFAIT.	leg issem,	*que j'eusse lu,*
		leg eres,	*que tu lusses,*		leg isses,	*que tu eusses lu,*
		leg eret,	*qu'il lût,*		leg isset,	*qu'il eût lu,*
		leg eremus,	*que nous lussions,*		leg issemus,	*que nous eussions lu,*
		leg eretis,	*que vous lussiez,*		leg issetis,	*que vous eussiez lu,*
		leg erent,	*qu'ils lussent* [b].		leg issent,	*qu'ils eussent lu* [c].
INFINITIF	SIMULTANÉ.	leg ere,	*lire.*	PARFAIT.	leg isse,	*avoir lu.*
PARTICIPE SIMULTANÉ.		leg ens, leg entis,	*lisant.*		TROISIÈME SÉRIE.	
GÉRONDIFS.	ACC.	leg endum,	*lire.*	SUPINS. ACC.	lect um,	*lire.*
	ABL.	leg endo,	*en lisant.*	SUPINS. ABL.	lect u,	*à lire.*
	GÉN.	leg endi,	*de lire.*	PARTICIPE FUTUR.	lect ur us, lect ur a, lect ur um,	*devant lire.*

Ainsi se conjuguent :

fing	o, is, ere,	3e *conj.* finx	i, fict	um,	*former.*
detrah	o, is, ere,	3e *conj.* detrax	i, detract	um,	*tirer de.*
pon	o, is, ere,	3[e] *conj.* posu	i, posit	um,	*placer.*
tang	o, is, ere,	3[e] *conj.* tetig	i, tact	um,	*toucher.*
decerp	o, is, ere,	3[e] *conj.* decerps	i, decerpt	um,	*cueillir.*
stern	o, is, ere,	3[e] *conj.* strav	i, strat	um,	*étendre.*

[a] On traduit aussi par l'impératif *lisons.*

[b] On traduit aussi : *je lirais, tu lirais, il lirait, nous lirions,* etc.

[c] On traduit souvent les temps du subjonctif comme ceux de l'infinitif par *lire, avoir lu,* ou comme ceux de l'indicatif : *je lis, je lisais, j'ai lu, j'avais lu.*

§ 7. Verbe aud io, is, ire, 4e conjug.; audiv i, audit um.

MODES.	TEMPS.	PREMIÈRE SÉRIE. QUATRIÈME CONJUGAISON.		TEMPS.	SECONDE SÉRIE. MÊMES TERMINAISONS DANS TOUS LES VERBES.	
INDICATIF	PRÉSENT.	aud io,	j'entends,	PARFAIT.	audiv i,	j'ai entendu,
		aud is,	tu entends,		audiv isti,	tu as entendu,
		aud it,	il entend,		audiv it,	il a entendu,
		aud imus,	nous entendons,		audiv imus,	n. avons entendu,
		aud itis,	vous entendez,		audiv istis,	vous avez entendu,
		aud iunt,	ils entendent.		audiv erunt ou êre,	ils ont entendu [a].
	IMPARFAIT.	aud iebam,	j'entendais,	PLUS-QUE-PARFAIT.	audiv eram,	j'avais entendu,
		aud iebas,	tu entendais,		audiv eras,	tu avais entendu,
		aud iebat,	il entendait,		audiv erat,	il avait entendu,
		aud iebamus,	nous entendions,		audiv eramus,	n. avions entendu,
		aud iebatis,	vous entendiez,		audiv eratis,	vous aviez entendu,
		aud iebant,	ils entendaient.		audiv erant,	ils avaient entendu.
	FUTUR.	aud iam,	j'entendrai,	FUTUR-PASSÉ.	audiv ero,	j'aurai entendu,
		aud ies,	tu entendras,		audiv eris,	tu auras entendu,
		aud iet,	il entendra,		audiv erit,	il aura entendu,
		aud iemus,	nous entendrons,		audiv erimus,	n. aurons entendu,
		aud ietis,	vous entendrez,		audiv eritis,	v. aurez entendu,
		aud ient,	ils entendront.		audiv erint,	ils auront entendu.
IMPÉRATIF.		»				
		aud i ou ito,	entends,			
		aud ito,	qu'il entende,			
		»				
		aud ite ou itote,	entendez,			
		aud iunto,	qu'ils entendent.			

[a] On traduit aussi :

j'entendis, tu entendis, il entendit, nous entendîmes, vous entendîtes, ils entendirent ;
ou : *j'eus entendu, tu eus entendu, il eut entendu, nous eûmes entendu, vous eûtes entendu, ils eurent entendu.*

(Tournez, s. v. p.)

MODES.	TEMPS.	PREMIÈRE SÉRIE. *SUITE :* QUATRIÈME CONJUGAISON.			TEMPS.	DEUXIÈME SÉRIE. *SUITE :* MÊMES TERMINAISONS DANS TOUS LES VERBES.		
SUBJONCTIF	PRÉSENT.	aud	iam,	*que j'entende,*	PARFAIT.	audiv	erim,	*que j'aie entendu,*
		aud	ias,	*que tu entendes,*		audiv	eris,	*que tu aies entendu,*
		aud	iat,	*qu'il entende,*		audiv	erit,	*qu'il ait entendu,*
		aud	iamus,	*que n. entendions* [a],		audiv	erimus,	*que n. ayons entendu,*
		aud	iatis,	*que vous entendiez,*		audiv	eritis,	*que v. ayez entendu,*
		aud	iant,	*qu'ils entendent.*		audiv	erint,	*qu'ils aient entendu.*
	IMPARFAIT.	aud	irem,	*que j'entendisse,*	PLUS-QUE-PARFAIT.	audiv	issem,	*que j'eusse entendu,*
		aud	ires,	*que tu entendisses,*		audiv	isses,	*que tu eusses entendu,*
		aud	iret,	*qu'il entendît,*		audiv	isset,	*qu'il eût entendu,*
		aud	iremus,	*q. n. entendissions,*		audiv	issemus,	*q. n. eussions entendu,*
		aud	iretis,	*que v. entendissiez,*		audiv	issetis,	*q. v. eussiez entendu,*
		aud	irent,	*qu'ils entendissent*[b].		audiv	issent,	*qu'ils eussent entendu*[c].
INFINITIF	SIMULTANÉ.	aud	ire,	*entendre.*	PARFAIT.	audiv	isse,	*avoir entendu.*
PARTICIPE SIMULTANÉ.		aud	iens,	*entendant.*				
		aud	ientis,					

		TROISIÈME SÉRIE.		
GÉRONDIFS.	ACC.	aud	iendum,	*entendre.*
	ABL.	aud	iendo,	*en entendant.*
	GÉN.	aud	iendi,	*d'entendre.*
SUPINS.	ACC.	audit	um,	*entendre.*
	ABL.	audit	u,	*à entendre.*
PARTICIPE FUTUR.		audit	ur us,	*devant entendre.*
		audit	ur a,	
		audit	ur um,	

Ainsi se conjuguent :

dorm io, is, ire, 4[e] *conj.* dormiv i, dormit um, *dormir.*
nesc io, is, ire, 4[e] *conj.* nesciv i, nescit um, *ne savoir pas.*
oper io, is, ire, 4[e] *conj.* operiv i, opert um, *couvrir.*
ven io, is, ire, 4[e] *conj.* ven i, vent um, *venir.*

[a] On traduit aussi par l'impératif *entendons.*

[b] On traduit aussi : *j'entendrais, tu entendrais, il entendrait, etc.*

[c] On traduit souvent les temps du subjonctif comme ceux de l'infinitif par *entendre, avoir entendu,* ou comme ceux de l'indicatif, *j'entends, j'entendais, j'ai entendu j'avais entendu.*

§ 8. Verbe cap io, is, ere, 3e et 4e conjug.; cep i, capt um.

MODES.	TEMPS.	PREMIÈRE SÉRIE. 3ME ET 4ME CONJUGAISONS.			DEUXIÈME SÉRIE. MÊMES TERMINAISONS DANS TOUS LES VERBES.	
INDICATIF	PRÉSENT.	cap io,	*je prends,*	PARFAIT.	cep i,	*j'ai pris,*
		cap *is,*	*tu prends,*		cep isti,	*tu as pris,*
		cap *it,*	*il prend,*		cep it,	*il a pris,*
		cap *imus,*	*nous prenons,*		cep imus,	*nous avons pris,*
		cap *itis,*	*vous prenez,*		cep istis,	*vous avez pris,*
		cap iunt,	*ils prennent.*		cep erunt *ou* ēre,	*ils ont pris* [a].
	IMPARFAIT.	cap iebam,	*je prenais,*	PLUS-QUE-PARFAIT.	cep eram,	*j'avais pris,*
		cap iebas,	*tu prenais,*		cep eras,	*tu avais pris,*
		cap iebat,	*il prenait,*		cep erat,	*il avait pris,*
		cap iebamus,	*nous prenions,*		cep eramus,	*nous avions pris,*
		cap iebatis,	*vous preniez,*		cep eratis,	*vous aviez pris,*
		cap iebant,	*ils prenaient.*		cep erant,	*ils avaient pris.*
	FUTUR.	cap iam,	*je prendrai,*	FUTUR-PASSÉ.	cep ero,	*j'aurai pris,*
		cap ies,	*tu prendras,*		cep eris,	*tu auras pris,*
		cap iet,	*il prendra,*		cep erit,	*il aura pris,*
		cap iemus,	*nous prendrons,*		cep erimus,	*nous aurons pris,*
		cap ietis,	*vous prendrez,*		cep eritis,	*vous aurez pris,*
		cap ient,	*ils prendront.*		cep erint,	*ils auront pris.*
IMPÉRATIF.		»				
		cap *e* ou *ito,*	*prends,*			
		cap *ito,*	*qu'il prenne,*			
		»				
		cap *ite* ou *itote,*	*prenez,*			
		cap iunto,	*qu'ils prennent.*			

[a] On traduit aussi :

je pris, tu pris, il prît, nous prîmes, vous prîtes, ils prirent ; ou :

j'eus pris, tu eus pris, il eut pris, nous eûmes pris, vous eûtes pris, ils eurent pris.

(Tournez, s. v. p.)

MODES.	TEMPS.	PREMIÈRE SÉRIE. *SUITE :* 3ME ET 4ME CONJUGAISONS.		TEMPS.	DEUXIÈME SÉRIE. *SUITE :* MÊMES TERMINAISONS DANS TOUS LES VERBES.	
SUBJONCTIF	PRÉSENT.	cap iam,	*que je prenne,*	PARFAIT.	cep erim,	*que j'aie pris,*
		cap ias,	*que tu prennes,*		cep eris,	*que tu aies pris,*
		cap iat,	*qu'il prenne,*		cep erit,	*qu'il ait pris,*
		cap iamus,	*que nous prenions* [a],		cep erimus,	*que nous ayons pris,*
		cap iatis,	*que vous preniez,*		cep eritis,	*que vous ayez pris,*
		cap iant,	*qu'ils prennent.*		cep erint,	*qu'ils aient pris.*
	IMPARFAIT.	cap *erem,*	*que je prisse,*	PLUS-QUE-PARFAIT.	cep issem,	*que j'eusse pris,*
		cap *eres,*	*que tu prisses,*		cep isses,	*que tu eusses pris,*
		cap *eret,*	*qu'il prît,*		cep isset,	*qu'il eût pris,*
		cap *eremus,*	*que nous prissions,*		cep issemus,	*que nous eussions pris,*
		cap *eretis,*	*que vous prissiez,*		cep issetis,	*que vous eussiez pris,*
		cap *erent,*	*qu'ils prissent* [b].		cep issent,	*qu'ils eussent pris* [c].
INFINITIF	SIMULTANÉ.	cap *ere,*	*prendre.*	PARFAIT.	cep isse,	*avoir pris.*
PARTICIPE SIMULTANÉ.		cap iens, / cap ientis,	*prenant.*		**TROISIÈME SÉRIE.**	
GÉRONDIFS.	ACC.	cap iendum,	*prendre.*	SUPINS. ACC.	capt um,	*prendre.*
	ABL.	cap iendo,	*en prenant.*	ABL.	capt u,	*à prendre.*
	GÉN.	cap iendi,	*de prendre.*	PARTICIPE FUTUR.	capt ur us, / capt ur a, / capt ur um,	*devant prendre.*

Ainsi se conjuguent :

decip io, is, ere, 3e *et* 4e *conj.* decep i, decept um, *tromper.*
fug io, is, ere, 3e *et* 4e *conj.* fug i, fugit um, *fuir.*
affic io, is, ere, 3e *et* 4e *conj.* affec i, affect um, *affecter.*
par io, is, ere, 3e *et* 4e *conj.* peper i, part um, *produire.*
respic io, is, ere, 3e *et* 4e *conj.* respex i, respect um, *regarder en arrière.*
cup io, is, ere, 3e *et* 4e *conj.* cupiv i, cupit um, *désirer.*

[a] On traduit aussi par l'impératif: *prenons.*

[b] On traduit aussi : *je prendrais, tu prendrais*, etc.

[c] On traduit souvent les temps du subjonctif comme ceux de l'infinitif, par *prendre, avoir pris,* ou comme ceux de l'indicatif: *je prends, je prenais, j'ai pris, j'avais pris.*

§ 9. RÉSUMÉ DES TERMINAISONS DE LA VOIX ACTIVE.

MODES.	TEMPS.	PREMIÈRE SÉRIE. 1re CONJUGAIS.	2e CONJUGAIS.	3e CONJUGAIS.	4e CONJUGAIS.	3e ET 4e RÉUNIES.	2e SÉRIE. POUR TOUS LES VERBES.	
INDICATIF	PRÉSENT.	o, as, at, amus, atis, ant.	eo, es, et, emus, etis, ent.	o, is, it, imus, itis, unt.	io, is, it, imus, itis, iunt.	io, *is*, *it*, *imus*, *itis*, iunt.	PARFAIT.	i, isti, it, imus, istis, erunt *ou* ère.
	IMPARF.	abam...	ebam...	ebam...	iebam...	iebam. .	P.Q.PARF.	eram...
	FUTUR.	abo, abis, abit, abimus, abitis, abunt.	ebo, ebis, ebit, ebimus, ebitis, ebunt.	am, es, et, emus, etis, ent.	iam, ies, iet, iemus, ietis, ient.	iam, ies, iet, iemus, ietis, ient.	FUTUR-PASSÉ.	ero, eris, erit, erimus, eritis, erint.
IMPÉRATIF.		» a *ou* ato, ato, » ate *ou* atote, anto.	» e *ou* eto, eto, » ete *ou* etote, ento.	» e *ou* ito, ito, » ite *ou* itote, unto.	» i *ou* ito, ito, » ite *ou* itote, iunto.	» *e* ou *ito*, *ito*, » *ite* ou *itote*, iunto.	Les verbes latins n'ont pas d'impératif parfait; exceptez le seul verbe *memini*, et voyez-le au § 39.	
SUBJONC.	PRÉSENT.	em...	eam...	am...	iam...	iam...	PARFAIT.	erim...
	IMPARF.	arem...	erem...	erem...	irem...	*erem...*	P.-Q.-PAR.	issem...
INFINITIF	SIMULTANÉ.	are.	ere.	ere.	ire.	*ere.*	PARFAIT.	isse.
PARTICIPE SIMULTANÉ.		ans..	ens..	ens..	iens..	iens..		»
							3e SÉRIE.	
GÉRONDIFS.	ACC.	andum.	endum.	endum.	iendum.	iendum.	SUPINS.	um, u.
	AB. DA.	ando.	endo.	endo.	iendo.	iendo.	PARTICIPE FUTUR.	ur us, ur a, ur um.
	GÉN.	andi.	endi.	endi.	iendi.	iendi.		

VÉRIFICATION.

---

§ 10.

D. Pourquoi distribuez-vous les temps en trois séries?

R. Parce qu'il y a trois bases dans chaque verbe latin.

D. Quelles sont les trois bases du verbe *amo?*

R. Ce sont *am* o, *amav* i, *amat* um.

D. Combien y a-t-il de temps fournis par la première base? — Quels sont-ils? — Combien par la deuxième? — Quels sont-ils? — Combien par la troisième?

§ 11.

D. Combien y a-t-il de conjugaisons?

R. On distingue quatre conjugaisons. Mais elles n'existent que dans la première série. La seconde et la troisième séries ont les mêmes terminaisons dans tous les verbes latins, sans exception et sans irrégularité.

D. Comment distingue-t-on les conjugaisons?

R. On distingue les conjugaisons par leurs terminaisons principales :

la première conjugaison est terminée en o, ās, āre;
la seconde en . . . . eo, ēs, ēre;
la troisième en . . . . o, is, ĕre;
la quatrième en . . . . io, īs, īre.

Il y a en outre quelques verbes où la troisième et la quatrième se trouvent mélangées: ils se terminent en . . . . io, is, ĕre.

REMARQUES.

§ 12.

La première personne de chaque temps est constamment terminée en . . . . o *ou* m,

la seconde en. . . . . . . s,

la troisième en . . . . . . t,

la première du pluriel en . mus,

la seconde en . . . . tis,

la troisième en . . . . . . nt.

Il n'y a d'exception que pour l'impératif et les deux premières personnes du parfait. La voyelle qui précède ces finales reste *ordinairement* la même, tout le long de chaque temps. Il faut observer à quels temps elle varie.

§ 13. Il faut tout remarquer :

— quelle est la voyelle qui caractérise la première conjugaison ; — la seconde ; — la quatrième ;

— quelles sont les syllabes qui caractérisent chaque temps ;

— quelle différence il y a entre le futur des deux premières conjugaisons et le futur des deux autres ; — entre le futur et le subjonctif présent ;

— quels sont les noms des modes ; — des temps ;

— quelle analogie il y a entre l'indicatif présent et l'impératif qui en est évidemment formé ;

— quelle analogie constante se trouve entre le subjonctif imparfait et l'infinitif simultané ; analogie qui n'est jamais altérée, même dans les verbes irréguliers. On recherchera plus tard si cette ressemblance de forme ne tiendrait pas à une ressemblance de signification.

On appliquera ces remarques à la voix passive.

DE LA VOIX PASSIVE.

---

§ 14.

Lorsque je dis { *herus exspectat*, le maître attend / *herus exspectatur*, le maître est attendu }, je prononce deux phrases dont le sens est opposé. Cette opposition tient à la différence des deux mots *exspectat*, *exspectatur*. C'est le même verbe, signifiant deux choses contradictoires. *Exspectat* est à la VOIX ACTIVE, *exspectatur* est à la VOIX PASSIVE.

Les verbes latins ont donc DEUX VOIX.

Nous avons vu le tableau des formes actives : la voix passive a aussi les siennes, qui dérivent des formes actives immédiatement et avec une simplicité fort régulière :

tout temps passif a la première personne terminée en r,
la deuxième. . . . . en ris ou re,
la troisième . . . . en tur,
la première du pluriel. . . . . en mur,
la deuxième. . . . . en mini,
la troisième . . . . en ntur.

L'impératif fait une légère exception.

Voyez le tableau résumé § 20.

§ 15. Verbe am or : voix passive.

MODES.	TEMPS.	PREMIÈRE SÉRIE. PREMIÈRE CONJUGAISON.		TEMPS.	DEUXIÈME SÉRIE MANQUE A TOUS LES VERBES PASSIFS : ELLE EST REMPLACÉE PAR LES EXPRESSIONS SUIVANTES :	
INDICATIF	PRÉSENT.	am or,	*je suis aimé,*	PARFAIT.	amat us sum,	*j'ai été aimé,*
		am aris ou are,	*tu es aimé,*		amat us es,	*tu as été aimé,*
		am atur,	*il est aimé,*		amat us est,	*il a été aimé,*
		am amur,	*n. sommes aimés,*		amat i sumus,	*nous avons été aimés,*
		am amini,	*vous êtes aimés,*		amat i estis,	*vous avez été aimés,*
		am antur,	*ils sont aimés.*		amat i sunt,	*ils ont été aimés* [a].
	IMPARFAIT.	am abar,	*j'étais aimé,*	PLUS-QUE-PARFAIT.	amat us eram,	*j'avais été aimé,*
		am abaris,	*tu étais aimé,*		amat us eras,	*tu avais été aimé,*
		am abatur,	*il était aimé,*		amat us erat,	*il avait été aimé,*
		am abamur,	*nous étions aimés,*		amat i eramus,	*nous avions été aimés,*
		am abamini,	*vous étiez aimés,*		amat i eratis,	*vous aviez été aimés,*
		am abantur,	*ils étaient aimés.*		amat i erant,	*ils avaient été aimés.*
	FUTUR.	am abor,	*je serai aimé,*	FUTUR-PASSÉ.	amat us ero,	*j'aurai été aimé,*
		am aberis,	*tu seras aimé,*		amat us eris,	*tu auras été aimé,*
		am abitur,	*il sera aimé,*		amat us erit,	*il aura été aimé,*
		am abimur,	*nous serons aimés,*		amat i erimus,	*nous aurons été aimés,*
		am abimini,	*vous serez aimés,*		amat i eritis,	*vous aurez été aimés,*
		am abuntur,	*ils seront aimés.*		amat i erunt,	*ils auront été aimés.*
IMPÉRATIF.		»				
		am are ou ator,	*sois aimé,*			
		am ator,	*qu'il soit aimé,*			
		»				
		am amini,	*soyez aimés,*			
		am antor,	*qu'ils soient aimés.*			

[a] On traduit aussi :

je fus aimé, tu fus aimé, il fut aimé, nous fûmes aimés, vous fûtes aimés, ils furent aimés ; ou :

j'eus été aimé, tu eus été aimé, il eut été aimé, nous eûmes été aimés, vous eûtes été aimés, ils eurent été aimés.

(*Tournez, s. v. p.*)

MODES.	TEMPS.	PREMIÈRE SÉRIE. *SUITE :* PREMIÈRE CONJUGAISON.		TEMPS.	DEUXIÈME SÉRIE. *SUITE :* MÊMES TERMINAISONS DANS TOUS LES VERBES.	
SUBJONCTIF	PRÉSENT.	am er,	*que je sois aimé,*	PARFAIT.	amat us sim,	*que j'aie été aimé,*
		am eris,	*que tu sois aimé,*		amat us sis,	*que tu aies été aimé,*
		am etur,	*qu'il soit aimé,*		amat us sit,	*qu'il ait été aimé,*
		am emur,	*q. n. soyons aimés* [a],		amat i simus,	*que nous ayons été aimés,*
		am emini,	*que v. soyez aimés,*		amat i sitis,	*que vous ayez été aimés,*
		am entur,	*qu'ils soient aimés.*		amat i sint,	*qu'ils aient été aimés.*
	IMPARFAIT.	am arer,	*que je fusse aimé,*	PLUS-QUE-PARFAIT.	amat us essem,	*que j'eusse été aimé,*
		am areris,	*que tu fusses aimé,*		amat us esses,	*que tu eusses été aimé,*
		am aretur,	*qu'il fût aimé,*		amat us esset,	*qu'il eût été aimé,*
		am aremur,	*q. n. fussions aimés,*		amat i essemus,	*que nous eussions été aimés,*
		am aremini,	*que v. fussiez aimés,*		amat i essetis,	*que vous eussiez été aimés,*
		am arentur,	*qu'ils fussent aimés* [b].		amat i essent,	*qu'ils eussent été aimés* [c].
INFINITIF	SIMULTANÉ.	am ari,	*être aimé.*	PARFAIT.	amat um esse,	*avoir été aimé* [d].
PARTICIPE FUTUR.		am andus, am anda, am andum,	*devant être aimé.*			

TROISIÈME SÉRIE.		
PARTICIPE PASSÉ (dérivé du supin.)	amat us, amat a, amat um,	*ayant été aimé.*

[a] On traduit aussi par l'impératif : *soyons aimés.*

[b] On traduit aussi : *je serais aimé, tu serais aimé, il serait aimé*, etc. et souvent par l'imparfait de l'indicatif : *j'étais aimé, tu étais aimé*, etc.

[c] On traduit aussi : *j'aurais été aimé, tu aurais été aimé*, etc. ou par l'indicatif : *j'avais été aimé,* etc.

[d] On traduit souvent les deux temps de l'infinitif comme ceux de l'indicatif, avec un *q* ajouté :

amari { *que je suis aimé, que tu es aimé, qu'il est aimé*, etc.

amatum esse { *que j'étais aimé, que tu étais aimé, qu'il était aimé*, etc.
que j'ai été aimé, que tu as été aimé, qu'il a été aimé, etc.
que j'avais été aimé, que tu avais été aimé, qu'il avait été aimé, etc.

§ 16. Verbe mon eor : voix passive.

PREMIÈRE SÉRIE : DEUXIÈME CONJUGAISON.

MODES.	TEMPS.	Forme	Traduction
INDICATIF	PRÉSENT.	mon eor,	je suis averti,
		mon eris *ou* ere,	tu es averti,
		mon etur,	il est averti,
		mon emur,	n. som. avertis,
		mon emini,	v. êtes avertis,
		mon entur,	ils sont avertis.
	IMPARFAIT.	mon ebar,	j'étais averti,
		mon ebaris,	tu étais averti,
		mon ebatur,	il était averti,
		mon ebamur,	n. étio. avertis,
		mon ebamini,	v. étiez avertis,
		mon ebantur,	ils étaient avertis.
	FUTUR.	mon ebor,	je serai averti,
		mon eberis,	tu seras averti,
		mon ebitur,	il sera averti,
		mon ebimur,	n. serons avertis.
		mon ebimini,	vous serez avertis.
		mon ebuntur,	ils seront avertis.
IMPÉRATIF.		»	
		mon ere *ou* etor,	sois averti,
		mon etor,	qu'il soit averti,
		»	
		mon emini,	soyez avertis,
		mon entor,	qu'ils soient avertis.
SUBJONCTIF	PRÉSENT.	mon ear,	q. je sois averti,
		mon earis,	q. tu sois averti,
		mon eatur,	qu'il soit averti,
		mon eamur,	q. n. soy. avertis,
		mon eamini,	q. v. soyez avertis,
		mon eantur,	qu'ils soient avertis.
	IMPARFAIT.	mon erer,	q. je fusse averti,
		mon ereris,	q. tu fusses averti,
		mon eretur,	qu'il fût averti,
		mon eremur,	q. n. fuss. avertis,
		mon eremini,	q. v. fuss. avertis,
		mon erentur,	qu'ils fussent avertis.
INFINITIF	SIMULTANÉ.	mon eri,	être averti.
PARTICIPE FUTUR.		mon endus, mon enda, mon endum,	devant être averti.

DEUXIÈME SÉRIE.

	Forme	Traduction
INDICATIF PARFAIT.	monit us sum,	j'ai été averti, etc. (Voy. § 15.)

TROISIÈME SÉRIE.

	Forme	Traduction
PARTICIPE PASSÉ (dérivé du supin.)	monit us, monit a, monit um,	ayant été averti.

§ 17. Verbe leg **or** : voix passive.

MODES.	TEMPS.	PREMIÈRE SÉRIE : TROISIÈME CONJUGAISON.	
INDICATIF	PRÉSENT.	leg **or**,	*je suis lu,*
		leg **ĕris** ou **ĕre**,	*tu es lu,*
		leg **itur**,	*il est lu,*
		leg **imur**,	*nous sommes lus,*
		leg **imini**,	*vous êtes lus,*
		leg **untur**,	*ils sont lus.*
	IMPARFAIT.	leg **ebar**,	*j'étais lu,*
		leg **ebaris**,	*tu étais lu,*
		leg **ebatur**,	*il était lu,*
		leg **ebamur**,	*nous étions lus,*
		leg **ebamini**,	*vous étiez lus,*
		leg **ebantur**,	*ils étaient lus.*
	FUTUR.	leg **ar**,	*je serai lu,*
		leg **ēris** ou **ēre**,	*tu seras lu,*
		leg **etur**,	*il sera lu,*
		leg **emur**,	*nous serons lus,*
		leg **emini**,	*vous serez lus,*
		leg **entur**,	*ils seront lus.*
IMPÉRATIF.		»	
		leg **ere** ou **itor**,	*sois lu,*
		leg **itor**,	*qu'il soit lu,*
		»	
		leg **imini**,	*soyez lus,*
		leg **untor**,	*qu'ils soient lus.*
SUBJONCTIF	PRÉSENT.	leg **ar**,	*que je sois lu,*
		leg **aris**,	*que tu sois lu,*
		leg **atur**,	*qu'il soit lu,*
		leg **amur**,	*que n. soyons lus,*
		leg **amini**,	*que vous soyez lus,*
		leg **antur**,	*qu'ils soient lus.*
	IMPARFAIT.	leg **erer**,	*que je fusse lu,*
		leg **ereris**,	*que tu fusses lu,*
		leg **eretur**,	*qu'il fût lu,*
		leg **eremur**,	*que n. fussions lus,*
		leg **eremini**,	*que v. fussiez lus,*
		leg **erentur**,	*qu'ils fussent lus.*
INFINITIF	SIMULTANÉ.	leg **i**,	*être lu.*
PARTICIPE FUTUR.		leg **endus**, leg **enda**, leg **endum**,	*devant être lu.*
DEUXIÈME SÉRIE.			
INDICATIF PARFAIT.		lect us sum,	*j'ai été lu,* etc. (Voy. § 15.)
TROISIÈME SÉRIE.			
PARTICIPE PASSÉ (dérivé du supin.)		lect us, lect a, lect um,	*ayant été lu.*

§ 18. Verbe aud ior : voix passive.

MODES.	TEMPS.	PREMIÈRE SÉRIE : QUATRIÈME CONJUGAISON.	
INDICATIF.	PRÉSENT.	aud ior,	je suis entendu,
		aud iris ou ire,	tu es entendu,
		aud itur,	il est entendu,
		aud imur,	n. so. entendus,
		aud imini,	v. êtes entendus,
		aud iuntur,	ils sont entendus.
	IMPARFAIT.	aud iebar,	j'étais entendu,
		aud iebaris,	tu étais entendu,
		aud iebatur,	il était entendu,
		aud iebamur,	n. éti. entendus,
		aud iebamini,	v. étiez entendus,
		aud iebantur,	ils étaient entendus.
	FUTUR.	aud iar,	je serai entendu,
		aud ieris,	tu seras entendu,
		aud ietur,	il sera entendu,
		aud iemur,	nous serons entendus.
		aud iemini,	vous serez entendus.
		aud ientur,	ils seront entendus.
IMPÉRATIF.		»	
		aud ire ou itor,	sois entendu,
		aud itor,	qu'il soit entendu,
		»	
		aud imini,	soyez entendus,
		aud iuntor,	qu'ils soient entendus.
SUBJONCTIF	PRÉSENT.	aud iar,	q. je sois entendu,
		aud iaris,	q. tu sois entendu,
		aud iatur,	qu'il soit entendu,
		aud iamur,	que n. soyons entendus.
		aud iamini,	que v. soyez entendus.
		aud iantur,	qu'ils soient entendus.
	IMPARFAIT.	aud irer,	q. je fusse entendu,
		aud ireris,	que tu fusses ent.
		aud iretur,	qu'il fût entendu,
		aud iremur,	q. n. fussions entendus.
		aud iremini,	que v. fussiez entendus.
		aud irentur,	qu'ils fussent entendus.
INFINITIF	SIMULTANÉ.	aud iri,	être entendu.
PARTICIPE FUTUR.		aud iendus, aud ienda, aud iendum,	devant être entendu.
DEUXIÈME SÉRIE.			
INDICATIF PARFAIT.		audit us sum,	j'ai été entendu, etc. (Voy. § 15.)
TROISIÈME SÉRIE.			
PARTICIPE PASSÉ (dérivé du supin.)		audit us, audit a, audit um,	ayant été entendu.

§ 19. Verbe cap ior : voix passive.

MODES.	TEMPS.	PREMIÈRE SÉRIE : TROISIÈME ET QUATRIÈME CONJUGAIS.	
INDICATIF	PRÉSENT.	cap ior,	*je suis pris,*
		cap *ĕris* ou *ĕre,*	*tu es pris,*
		cap *itur,*	*il est pris,*
		cap *imur,*	*nous sommes pris,*
		cap *imini,*	*vous êtes pris,*
		cap iuntur,	*ils sont pris.*
	IMPARFAIT.	cap iebar,	*j'étais pris,*
		cap iebaris,	*tu étais pris,*
		cap iebatur,	*il était pris,*
		cap iebamur,	*nous étions pris,*
		cap iebamini,	*vous étiez pris,*
		cap iebantur,	*ils étaient pris.*
	FUTUR.	cap iar,	*je serai pris,*
		cap ieris,	*tu seras pris,*
		cap ietur,	*il sera pris,*
		cap iemur,	*nous serons pris,*
		cap iemini,	*vous serez pris,*
		cap ientur,	*ils seront pris.*
IMPÉRATIF.		»	
		cap *ere* ou *itor,*	*sois pris,*
		cap *itor,*	*qu'il soit pris,*
		»	
		cap *imini,*	*soyez pris,*
		cap iuntor,	*qu'ils soient pris.*
SUBJONCTIF	PRÉSENT.	cap iar,	*que je sois pris,*
		cap iaris,	*que tu sois pris,*
		cap iatur,	*qu'il soit pris,*
		cap iamur,	*que nous soyons pris,*
		cap iamini,	*que vous soyez pris,*
		cap iantur,	*qu'ils soient pris.*
	IMPARFAIT.	cap *erer,*	*que je fusse pris,*
		cap *ereris,*	*que tu fusses pris,*
		cap *eretur,*	*qu'il fût pris,*
		cap *eremur,*	*que nous fussions pris,*
		cap *eremini,*	*que vous fussiez pris,*
		cap *erentur,*	*qu'ils fussent pris.*
INFINITIF	SIMULTANÉ.	cap *i,*	*être pris.*
PARTICIPE FUTUR.		cap iendus, cap ienda, cap iendum,	*devant être pris.*

DEUXIÈME SÉRIE.

INDICATIF PARFAIT.	capt us sum,	*j'ai été pris,* etc. (Voy. § 15.)

TROISIÈME SÉRIE.

PARTICIPE PASSÉ (dérivé du supin.)	capt us, capt a, capt um,	*ayant été pris.*

§ 20. TABLEAU RÉSUMÉ DES TERMINAISONS DE LA VOIX PASSIVE.

MODES.	TEMPS.	PREMIÈRE SÉRIE. 1re CONJUGAISON.	2e CONJUGAISON.	3e CONJUGAIS.	4e CONJUGAIS.	3e ET 4e RÉUNIES.	2e SÉRIE.	3e SÉRIE.
INDICATIF	PRÉSENT.	or, aris *ou* are, atur, amur, amini, antur.	eor, eris *ou* ere, etur, emur, emini, entur.	or, eris *ou* ere, itur, imur, imini, untur.	ior, iris *ou* ire, itur, imur, imini, iuntur.	ior, *eris ou ere,* *itur,* *imur,* *imini,* iuntur.	n'existe pas en latin : est remplacée par le verbe *sum* joint au participe passé passif.	Participe passé passif (formé du supin) :
	IMPARF.	abar... v. § 14.	ebar... v. § 14.	ebar... v. § 14.	iebar... v. § 14.	iebar... v. § 14.		
	FUTUR.	abor, aberis *ou* abere, abitur, abimur, abimini, abuntur.	ebor, eberis *ou* ebere, ebitur, ebimur, ebimini, ebuntur.	ar, ēris *ou* ēre, etur, emur, emini, entur.	iar, iēris *ou* iēre, ietur, iemur, iemini, ientur.	iar, iēris *ou* iēre, ietur, iemur, iemini, ientur.		
IMPÉRATIF.		» are *ou* ator, ator, » amini, antor.	» ere *ou* etor, etor, » emini, entor.	» ere *ou* itor, itor, » imini, untor.	» ire *ou* itor, itor, » imini, iuntor.	» *ere ou itor,* *itor,* » *imini,* iuntor.		
SUBJONC.	PRÉSENT.	er... v. § 14.	ear... v. § 14.	ar... v. § 14.	iar... v. § 14.	iar... v. § 14.		
	IMPARF.	arer... v. § 14.	erer... v. § 14.	erer... v. § 14.	irer... v. § 14.	*erer...* v. § 14.		
INFINITIF	SIMULTANÉ.	ari.	eri.	i.	iri.	*i.*		us,
PARTICIPE FUTUR.		andus.	endus.	endus.	iendus.	iendus.		a, um.

§ 24. TABLEAU ABRÉGÉ du verbe sequ or, eris, i, déponent de la troisième conjugaison, secut us.

MODES.	TEMPS.	PREMIÈRE SÉRIE. TROISIÈME CONJUGAISON.		DEUXIÈME SÉRIE MANQUE EN LATIN : REMPLACÉE PAR :	
INDICAT.	PRÉSENT.	sequ or,	*je suis.*	PARFAIT. secut us sum,	*j'ai suivi* [b].
	IMPARF.	sequ ebar,	*je suivais.*	P. Q. PARF. secut us eram,	*j'avais suivi.*
	FUTUR.	sequ ar,	*je suivrai.*	FUT. PASSÉ. secut us ero,	*j'aurai suivi.*
IMPÉRAT.		sequ cre *ou* itor,	*suis.*	»	
SUBJONC.	PRÉSENT.	sequ ar,	*que je suive.*	PARFAIT. secut us sim,	*que j'aie suivi.*
	IMPARF.	sequ erer,	*que je suivisse* [a].	P. Q. PARF. secut us essem,	*que j'eusse suivi* [c].
INFINITIF	SIMULTANÉ.	sequ i,	*suivre.*	PARFAIT. secut us esse,	*avoir suivi.*
PARTICIPE SIMULTANÉ ACTIF.		sequ ens, sequ entis,	*suivant.*	**TROISIÈME SÉRIE.**	
GÉRONDIFS.	ACC.	sequ endum,	*suivre.*	SUPIN. ACC. secut um,	*suivre.*
	ABL. DAT.	sequ endo,	*en suivant.*	SUPIN. ABL. secut u,	*à suivre.*
	GÉN.	sequ endi,	*de suivre.*	PARTI. PASSÉ ACTIF. secut us, a, um,	*ayant suivi.*
PARTICIPE FUT.-PASSIF.		sequ endus, sequ enda, sequ endum,	*devant être suivi.*	PARTI. FUT. ACT. secut urus, ura, urum,	*devant suivre.*

[a] On traduit aussi : *je suivrais, tu suivrais, il suivrait,* etc.
[b] On traduit aussi : *je suivis,* etc. ; ou : *j'eus suivi, tu eus suivi, il eut suivi,* etc.
[c] On traduit aussi : *j'aurais suivi,* etc.

Ainsi se conjuguent :

revert or, eris, i, déponent de la 3e conjug. revers us, *revenir.*
proficisc or, eris, i, déponent de la 3e conjug. profect us, *partir.*
ut or, eris, i, déponent de la 3e conjug. us us, *se servir.*
oblivisc or, eris, i, déponent de la 3e conjug. oblit us, *oublier.*
fung or, eris, i, déponent de la 3e conjug. funct us, *s'acquitter.*
loqu or, eris, i, déponent de la 3e conjug. locut us, *parler.*
complect or, eris, i, déponent de la 3e conjug. complex us, *embrasser.*
nasc or, eris, i, déponent de la 3e conjug. nat us, *naître.* Il fait au participe futur actif nascit urus, ura, urum.

§ 25. TABLEAU ABRÉGÉ du verbe bland ior, iris, iri, déponent de la quatrième conjugaison, blandit us.

MODES.	TEMPS.	PREMIÈRE SÉRIE. QUATRIÈME CONJUGAISON.		DEUXIÈME SÉRIE. MANQUE EN LATIN : REMPLACÉE PAR :	
INDICAT.	PRÉSENT.	bland ior,	*je flatte.*	PARFAIT. blandit us sum,	*j'ai flatté* [b].
	IMPARF.	bland iebar,	*je flattais.*	P. Q. PARF. blandit us eram,	*j'avais flatté.*
	FUTUR.	bland iar,	*je flatterai.*	FUT. PASSÉ. blandit us ero,	*j'aurai flatté.*
IMPÉRAT.		bland ire *ou* itor,	*flatte.*	»	
SUBJON.	PRÉSENT.	bland iar,	*que je flatte.*	PARFAIT. blandit us sim,	*que j'aie flatté.*
	IMPARF.	bland irer,	*que je flattasse* [a].	P. Q. PARF. blandit us essem,	*que j'eusse flatté* [c].
INFINITIF	SIMULTANÉ.	bland iri,	*flatter.*	PARFAIT. blandit us esse,	*avoir flatté.*
PARTICIPE SIMULTANÉ ACTIF.		bland iens, bland ientis,	*flattant.*	TROISIÈME SÉRIE.	
GÉRONDIFS.	ACC.	bland iendum,	*flatter,*	SUPIN. ACC. blandit um,	*flatter.*
	ABL. DAT.	bland iendo,	*en flattant,*	SUPIN. ABL. blandit u,	*à flatter.*
	GÉN.	bland iendi,	*de flatter.*	PARTI. PASSÉ ACTIF. blandit us, a, um,	*ayant flatté.*
				PARTI. FUT. ACTIF. blandit urus, ura, urum,	*devant flatter.*
PARTICIPE FUT.-PASSIF.		bland iendus, bland ienda, bland iendum,	*devant être flatté.*		

[a] On traduit aussi : *je flatterais*, etc.
[b] On traduit aussi : *je flattai*, etc. ; ou : *j'eus flatté*, *tu eus flatté*, *il eut flatté*, etc.
[c] On traduit aussi : *j'aurais flatté*, etc.

Ainsi se conjuguent :

part ior, iris, iri, déponent de la 4e conjug. partit us, *partager.*
assent ior, iris, iri, déponent de la 4e conjug. assens us, *consentir.*
exper ior, iris, iri, déponent de la 4e conjug. expert us, *éprouver.*
ador ior, iris, iri, déponent de la 4e conjug. adort us, *attaquer.*
opper ior, iris, iri, déponent de la 4e conjug. oppert us, *attendre.*
met ior, iris, iri, déponent de la 4e conjug. mens us, *mesurer.*
or ior, iris, iri, déponent de la 4e conjug. ort us, *s'élever.* Il fait au participe futur actif : orit urus, a, um.

§ 26. TABLEAU ABRÉGÉ du verbe pat ior, eris, i, déponent de la troisième et quatrième conjugaisons, pass us.

MODES.	TEMPS.	PREMIÈRE SÉRIE. 3ME ET 4ME CONJUGAISONS.		DEUXIÈME SÉRIE MANQUE : REMPLACÉE PAR :	
INDICAT.	PRÉSENT.	pat ior,	*je souffre.*	PARFAIT. pass us sum,	*j'ai souffert* [b].
	IMPARF.	pat iebar,	*je souffrais.*	P. Q. PARF. pass us eram,	*j'avais souffert.*
	FUTUR.	pat iar,	*je souffrirai.*	FUT. PASSÉ. pass us ero,	*j'aurai souffert.*
IMPÉRAT.		pat ere *ou* itor,	*souffre.*	»	
SUBJON.	PRÉSENT.	pat iar,	*que je souffre.*	PARFAIT. pass us sim,	*que j'aie souffert.*
	IMPARF.	pat erer,	*que je souffrisse* [a].	P. Q. PARF. pass us essem,	*que j'eusse souffert* [c].
INFINITIF	SIMULTANÉ.	pat i,	*souffrir.*	PARFAIT. pass us esse,	*avoir souffert.*
PARTICIPE SIMULTANÉ ACTIF.		pat iens, pat ientis,	*souffrant.*	**TROISIÈME SÉRIE.**	
GÉRONDIFS.	ACC.	pat iendum,	*souffrir.*	SUPIN. ACC. pass um,	*souffrir.*
	ABL. DAT.	pat iendo,	*en souffrant.*	SUPIN. ABL. pass u,	*à souffrir.*
	GÉN.	pat iendi,	*de souffrir.*	PARTI. PASSÉ ACTIF. pass us, a, um,	*ayant souffert.*
				PARTI. FUT. ACT. pass urus, ura, urum,	*devant souffrir.*
PARTICIPE FUT.-PASSIF.		pat iendus, pat ienda, pat iendum,	*devant être souffert.*		

[a] On traduit aussi : *je souffrirais*, etc.
[b] On traduit aussi : *je souffris*, etc. ; ou : *j'eus souffert, tu eus souffert*, etc.
[c] On traduit aussi : *j'aurais souffert*, etc.

Ainsi se conjuguent :

aggred ior, eris, i, déponent de la 3e et 4e conjugaisons, aggress us, *attaquer.*
ingred ior, eris, i, déponent de la 3e et 4e conjugaisons, ingress us, *entrer.*
egred ior, eris, i, déponent de la 3e et 4e conjugaisons, egress us, *sortir.*
mor ior, eris, i, déponent de la 3e et 4e conjugaisons, mortu us, *mourir.* Il fait au participe futur actif : morit urus, a, um.

§ 27.

REMARQUE 1. Les verbes déponents conservent encore la signification passive à un seul temps : le participe futur passif en *ndus.*

REMARQUE 2. Les verbes déponents, en réunissant le sens actif à la forme passive, ont un participe passé actif, *imitat us*, ayant imité, etc., qui manque à tous les autres verbes latins.

Ils ont de plus, comme les verbes actifs, le participe simultané, les supins, les gérondifs et le participe futur en *urus.*

DES VERBES IRRÉGULIERS.

§ 28. Verbe sum, es, esse, conjugaison irrégulière, fu i, sans supin.

PREMIÈRE SÉRIE : CONJUGAISON IRRÉGULIÈRE.

MODES.	TEMPS.		
INDICATIF	PRÉSENT.	sum,	*je suis,*
		es,	*tu es,*
		est,	*il est,*
		sumus,	*nous sommes,*
		estis,	*vous êtes,*
		sunt,	*ils sont.*
	IMPARFAIT.	eram,	*j'étais,*
		eras,	*tu étais,*
		erat,	*il était,*
		eramus,	*nous étions,*
		eratis,	*vous étiez,*
		erant,	*ils étaient.*
	FUTUR.	ero,	*je serai,*
		eris,	*tu seras,*
		erit,	*il sera,*
		erimus,	*nous serons,*
		eritis,	*vous serez,*
		erunt,	*ils seront.*
IMPÉRATIF.		»	
		es *ou* esto,	*sois,*
		esto,	*qu'il soit,*
		»	
		este *ou* estote,	*soyez,*
		sunto,	*qu'ils soient.*

MODES.	TEMPS.		
SUBJONCTIF	PRÉSENT.	s im,	*que je sois,*
		s is,	*que tu sois,*
		s it,	*qu'il soit,*
		s imus,	*que nous soyons,*
		s itis,	*que vous soyez,*
		s int,	*qu'ils soient.*
	IMPARFAIT.	ess em,	*que je fusse,*
		ess es,	*que tu fusses,*
		ess et,	*qu'il fût,*
		ess emus,	*que nous fussions,*
		ess etis,	*que vous fussiez,*
		ess ent,	*qu'ils fussent.*
INFINITIF	SIMULTANÉ.	esse,	*être.*

2e SÉRIE : TOUJOURS RÉGULIÈRE.

INDICATIF PARFAIT.	fu i,	*j'ai été,* etc. (Voy. § 4.)

TROISIÈME SÉRIE.

Le supin manque : et néanmoins il y a un PARTIC.-FUT. : fut urus, ura, urum, *devant être.*
On trouve aussi un INFINITIF FUT. : fore, *devoir être;* temps unique dans la langue latine : il donne lieu à un autre SUBJONCT.-IMPARF., for em, es, et, ent, *que je fusse,* ou : *je serais,* etc.

Ainsi se conjuguent les verbes suivants, formés de *sum* et de diverses prépositions :

abesse, *être loin.*	obesse, *nuire.*
adesse, *être près.*	præesse, *présider.*
deesse, *manquer.*	subesse, *être dessous,*
interesse, *assister,* ou *être important,* ou *être différent.*	etc.

Les deux composés suivants modifient leur base par euphonie.

§ 29. Verbe pro sum, prod es, esse, conjugaison irrég., pro fui.

MODES.	TEMPS.	PREMIÈRE SÉRIE.	
INDICATIF	PRÉSENT.	pro sum,	*je sers,*
		prod es,	*tu sers,*
		prod est,	*il sert,*
		pro sumus,	*nous servons,*
		prod estis,	*vous servez,*
		pro sunt,	*ils servent.*
	IMP.	prod eram, etc.	*je servais.*
	FUT.	prod ero, etc.	*je servirai.*
IMPÉRATIF.		»	
		prod es *ou* esto,	*sers,*
		prod esto,	*qu'il serve,*
		»	
		prod este *ou* estote,	*servez,*
		pro sunto,	*qu'ils servent.*
SUBJONCT.	PRÉS.	pro sim, etc.	*que je serve.*
	IMP.	prod essem, etc.	*que je servisse.*
INFINITIF	SIMULTANÉ.	prod esse,	*servir.*

2e SÉRIE : TOUJOURS RÉGULIÈRE.

INDICATIF PARFAIT. } pro fu i, *j'ai servi*, etc. (Voy. § 4 à 9.)

TROISIÈME SÉRIE.

SUPIN : manque.

PARTICIPE FUTUR. } profut ur us, a, um, *devant servir.*

§ 30. Verbe pos sum, pot es, posse conjugaison irrég. potu i.

MODES.	TEMPS.	PREMIÈRE SÉRIE.	
INDICATIF	PRÉSENT.	pos sum,	*je peux,*
		pot es,	*tu peux,*
		pot est,	*il peut,*
		pos sumus,	*nous pouvons,*
		pot estis,	*vous pouvez,*
		pos sunt,	*ils peuvent.*
	IMP.	pot eram, etc.	*je pouvais.*
	FUT.	pot ero, etc.	*je pourrai.*
		»	
		»	
		»	
		»	
SUBJONCT.	PRÉS.	pos sim, etc.	*que je puisse.*
	IMP.	possem, etc.	*que je pusse.*
INFINITIF	SIMULTANÉ.	posse,	*pouvoir.*

2e SÉRIE : TOUJOURS RÉGULIÈRE.

INDICATIF PARFAIT. } potu i, *j'ai pu*, etc. (Voy. § 4 à 9.)

TROISIÈME SÉRIE : MANQUE.

REMARQUE. *Possum* est contracté pour *potis sum* (je suis capable), que l'on lit dans Plaute et dans Virgile.

§ 31. Verbe vol o, vis, velle, irrég. de la 3e conjug. volu i, sans supin.
et ses composés { nol o, » nolle, irrég. de la 3e conjug. nolu i, sans supin.
mal o, mavis, malle, irrég. de la 3e conjug. malu i, sans supin.

MODES.	TEMPS.	PREMIÈRE SÉRIE.		PREMIÈRE SÉRIE.		PREMIÈRE SÉRIE.	
INDICATIF	PRÉSENT.	vol o,	*je veux,*	nol o,	*je ne veux pas,*	mal o,	*j'aime mieux,*
		vis,	*tu veux,*	(non vis),	*tu ne veux pas,*	mavis,	*tu aimes mie.,*
		vult,	*il veut,*	(non vult),	*il ne veut pas,*	mavult,	*il aime mieux,*
		volumus,	*nous voulons,*	nol umus,	*n. ne voulons p.*	malumus,	*n. aimons* mieux.
		vultis,	*vous voulez,*	(non vultis),	*v. ne voulez pas,*	mavultis,	*v. aimez* mieux.
		vol unt,	*ils veulent.*	nol unt,	*ils ne veulent p.*	malunt,	*ils aiment* mieux.
	IMP.	vol ebam, etc.	*je voulais.*	nol ebam, etc.	*je ne voulais p.*	mal ebam, etc.	*j'aimais mieux.*
	FUT.	vol am, etc.	*je voudrai.*	nol am, etc.	*je ne voudrai pas.*	mal am, etc.	*j'aimerai mieux.*
IMPÉRATIF.		»		»		»	
		»		nol i, nol ito,	*ne veuille pas,*	»	
		»		nol ito,	*qu'il ne veuille pas,*	»	
		»		»		»	
		»		nol ite, itote,	*ne veuillez pas,*	»	
		»		nol unto,	*qu'ils ne veuil. p.*	»	
SUBJONCTIF	PRÉSENT.	vel im,	*que je veuille,*	nol im, etc.	*que je ne veuille pas.*	mal im, etc.	*que j'aime mieux.*
		vel is,	*que tu veuilles,*				
		vel it,	*qu'il veuille,*				
		vel imus,	*que nous voulions,*				
		vel itis,	*que vous vouliez,*				
		vel int,	*qu'ils veuillent.*				
	IMP.	vell em, etc.	*que je voulusse.*	noll em, etc.	*que je ne voulusse pas.*	mall em, etc.	*que j'aimasse mieux.*
INFINITIF	SIMULTANÉ.	velle,	*vouloir.*	nolle,	*ne vouloir pas.*	malle,	*aimer mieux.*
PARTICIPE SIMULTANÉ.		vol ens, entis,	*voulant.*	nol ens, entis,	*ne voulant pas.*	»	
2e SÉRIE : TOUJOURS RÉGULIÈRE.				2e SÉRIE : TOUJ. RÉG.		2e SÉRIE : TOUJ. RÉG.	
INDICATIF PARFAIT.		volu i, etc.	*j'ai voulu.* (Voyez § 4 à 9.)	nolu i, etc.	*je n'ai pas voulu,* (Voyez § 4 à 9.)	malu i, etc.	*j'ai mieux aimé.* (Voy. § 4 à 9.)
TROISIÈME SÉRIE : MANQUE.				3e SÉRIE : MANQUE.		3e SÉRIE : MANQUE.	

Remarque 1. *Nolo* est contracté de *non volo*, *malo* de *magis volo*.

Remarque 2. Les formes régulières, vol *o*, vol *unt*, vol *ebam*, etc., vol *am*, etc., vol *ens*, etc., se rapportent évidemment à la 3e conjug.

Remarque 3. Les formes irrégulières ont une analogie frappante avec celles de *sum*, § 28.

☞ Aux subjonctifs irréguliers terminés en *im*, on peut joindre aus *im*, *is*, etc., *que j'ose* ou *j'oserais*. Ce temps est seul, car *audeo* est régulier, et il a le subjonctif présent *audeam*, etc.

§ 32. Verbe **fer o, fer s, fer re**, irrég. de la 3e conjug. tul i, lat um.

MODES.	TEMPS.	VOIX ACTIVE. PREMIÈRE SÉRIE.		VOIX PASSIVE. PREMIÈRE SÉRIE.	
INDICATIF	PRÉSENT.	fer o,	*je porte,*	fer or,	*je suis porté,*
		fer s,	*tu portes,*	fer ris,	*tu es porté,*
		fer t,	*il porte,*	fer tur,	*il est porté,*
		fer imus,	*nous portons,*	fer imur,	*nous sommes portés,*
		fer tis,	*vous portez,*	fer imini,	*vous êtes portés,*
		fer unt,	*ils portent.*	fer untur,	*ils sont portés.*
	IMP.	fer ebam, etc.	*je portais.*	fer ebar, etc.	*j'étais porté.*
	FUT.	fer am, etc.	*je porterai.*	fer ar, etc.	*je serai porté.*
IMPÉRATIF.		»	»	»	»
		fer, fer to,	*porte,*	fer re, fer tor,	*sois porté,*
		fer to,	*qu'il porte,*	fer tor,	*qu'il soit porté,*
		»	»	»	
		fer te, tote,	*portez,*	fer imini,	*soyez portés,*
		fer unto,	*qu'ils portent.*	fer untor,	*qu'ils soient portés.*
SUBJONC.	PRÉS.	fer am, etc.	*que je porte.*	fer ar, etc.	*que je sois porté.*
	IMP.	fer rem, etc.	*que je portasse.*	fer rer, etc.	*que je fusse porté.*
INFINITIF	SIMULTANÉ.	fer re,	*porter.*	fer ri,	*être porté.*
PARTICIPE SIMULTANÉ.		fer ens, entis,	*portant.*	PARTICIPE FUTUR. fer endus, fer enda, fer endum,	*devant être porté.*
GÉROND.	ACC.	fer endum,	*porter.*		
	ABL.	fer endo,	*en portant.*		
	GÉN.	fer endi,	*de porter.*		
2e SÉRIE : TOUJOURS RÉGULIÈRE.				2e SÉRIE MANQUE : REMPLACÉE PAR : latus sum *ou* fui, *j'ai été porté,* etc. (Voy. § 15.)	
INDICATIF PARFAIT.		tul i, *j'ai porté,* etc. (Voy. § 4 à 9.)			
TROISIÈME SÉRIE.					
SUPIN : ACC.		lat um, *porter,* etc. (Voy. § 4 à 9.)			

Ainsi se conjuguent les composés:

affer o, s, re, attul i, allat um, *apporter.*
aufer o, s, re, abstul i, ablat um, *enlever.*
confer o, s, re, contul i, collat um, *porter ensemble, comparer.*
etc.

REMARQUE 1. Dans le verbe *fer o* et son passif *fer or*, l'irrégularité n'affecte que la terminaison ; et elle consiste uniquement à supprimer quelquefois *e* ou *i* après l'*r* du radical.

REMARQUE 2. La terminaison *e* supprimée à l'impératif *fer*, l'est de même dans trois autres verbes, d'ailleurs réguliers : *dic o, duc o* et *facio* font *dic, duc* et *fac*. Les composés de *fac io* gardent *e* : *perfice, suffice*, etc.

REMARQUE 3. *Fer o* manque évidemment de la 2e et de la 3e série : il les emprunte à des verbes qui ont eux-mêmes perdu leur première. *Tul i* est peut-être dû à *tollo.*

§ 33. Verbe **eo**, **is**, **ire**, irrég. de la 4e conjug., iv i, it um.

<table>
<tr><th>MODES.</th><th>TEMPS.</th><th colspan="2">PREMIÈRE SÉRIE.</th><th>DEUXIÈME SÉRIE.</th></tr>
<tr><td rowspan="3">INDICATIF</td><td>PRÉSENT.</td><td>eo,
is,
it,
imus,
itis,
eunt,</td><td>je vais,
tu vas,
il va,
nous allons,
vous allez,
ils vont.</td><td>INDICATIF PARFAIT. iv i, je suis allé, etc. (Voy. § 4 à 9.)

TROISIÈME SÉRIE.

SUPIN. it um, aller, etc. (Voy. § 4 à 9.)</td></tr>
<tr><td>IMP.</td><td>ibam,
etc.</td><td>j'allais.</td><td rowspan="10">Ainsi se conjuguent les composés :

abeo, s'en aller, pereo, périr.
adeo, aller trouver, prætereo, aller outre.
circumeo, aller autour, redeo, retourner.
exeo, sortir, transeo, aller à travers.
ineo, entrer, intereo, périr.
queo, pouvoir. } Ils n'ont pas d'impératif.
nequeo, ne pouvoir pas. }
ven eo, is, ire, veni i, être mis en vente (aller en vente).

Les commençants remarqueront surtout ce dernier pour éviter de le confondre avec le verbe régulier ven io, venir.

Remarque. Le verbe eo a cela de bizarre, qu'on peut dire qu'il n'a pas de base, n'étant formé, dans ses temps réguliers, que de la terminaison de la quatrième conjugaison.</td></tr>
<tr><td>FUT.</td><td>ibo,
etc.</td><td>j'irai.</td></tr>
<tr><td colspan="2">IMPÉRATIF.</td><td>»
i ou ito,
ito,
»
ite ou itote,
eunto,</td><td>
va,
qu'il aille,

allez,
qu'ils aillent.</td></tr>
<tr><td rowspan="2">SUBJONC.</td><td>PRÉS.</td><td>eam,
etc.</td><td>que j'aille.</td></tr>
<tr><td>IMP.</td><td>irem,
etc.</td><td>que j'allasse.</td></tr>
<tr><td>INFINITIF</td><td>SIMULTANÉ.</td><td>ire,</td><td>aller.</td></tr>
<tr><td colspan="2">PARTICIPE SIMULTANÉ.</td><td>iens,
euntis, etc.</td><td>allant.</td></tr>
<tr><td colspan="2">GÉROND.</td><td>ACC. eund um,
ABL. eund o,
GÉN. eund i,</td><td>aller.
en allant.
d'aller.</td></tr>
</table>

§ 34. Verbe **f io, is, ieri**, irrégul. de la 3e et 4e conjug., sans parfait ni supin.

MODES.	TEMPS.	PREMIÈRE SÉRIE.	
INDICATIF	PRÉSENT.	f io,	*je deviens,*
		f is,	*tu deviens,*
		f it,	*il devient,*
		f imus,	*nous devenons,*
		f itis,	*vous devenez,*
		f iunt,	*ils deviennent.*
	IMP.	f iebam, etc.	*je devenais.*
	FUT.	f iam, etc.	*je deviendrai.*
IMPÉRATIF.		»	
		f i,	*deviens.*
		»	
		»	
		f ite *ou* itote,	*devenez.*
		»	
SUBJONCT.	PRÉS.	f iam, etc.	*que je devienne.*
	IMP.	fi erem, etc.	*que je devinsse.*
INFINITIF	SIMULTANÉ.	fieri,	*devenir.*

DEUXIÈME SÉRIE

MANQUE, AINSI QUE LA TROISIÈME.

On prête à *fio* le participe passé passif du verbe *facio* (qui en effet n'a pas de 1re série passive [1]), et l'on a comme pour les verbes déponents : factus sum, *je suis devenu*, etc. (Voy. § 22.)

[1] *Si ce n'est le participe futur,* faciend us, a, um.

Remarque. On expliquerait l'irrégularité de ce verbe, en supposant que son radical était *fi*, et que l'*i* de la base se contractant avec l'*i* de la terminaison l'a rendu long, *fi io - fio*. Mais ceci ne rend pas compte de l'infinitif passif *fieri*, formé contre l'analogie de la 3e conjugaison, sans doute en faveur de l'euphonie.

☞ Quelques verbes, d'ailleurs réguliers, qui, comme *fio*, n'ont pas de parfait, suppléent comme lui la deuxième série, à la manière des verbes déponents, par un participe passé actif joint aux temps du verbe *sum* [a]:

aud eo, es, ere, 2e *conj.* aus us sum, *j'ai osé,* etc. (Voy. § 22.)
gaud eo, es, ere, 2e *conj.* gavis us sum, *je me suis réjoui.*
mœr eo, es, ere, 2e *conj.* mœst us sum, *j'ai eu de la tristesse.*
sol eo, es, ere, 2e *conj.* solit us sum, *j'ai eu coutume.*
fid o, is, ere, 3e *conj.* fis us sum, *j'ai eu foi.*

D'autres ont à la fois le parfait actif et le parfait déponent :

jur o, as, are : jurav i *et* jurat us sum, *j'ai juré.*
cœn o, as, are : cœnav i *et* cœnat us sum, *j'ai soupé.*
pot o, as, are : potav i *et* pot us sum, *j'ai bu.*
prand eo, es, ere : prand i *et* prans us sum, *j'ai dîné.*
confid o, is, ere : confid i *et* confis us sum, *j'ai eu confiance.*
» (*Voy.* § 40) : od i *et* os us sum, *je hais.*

Juratus et *potus* se prennent aussi passivement.

[a] Le nom de *neutres passifs*, donné à ces verbes, est doublement inexact : 1° ils ne sont point passifs, mais déponents à la deuxième série ; 2° *aud eo, pot o, od i*, etc., sont actifs et non pas neutres.

§ 35. Verbe **a io, is**, «, défectueux de la 3e et 4e conj., a isti, sans supin.

MODES.	TEMPS.	PREMIÈRE SÉRIE.	
INDICATIF	PRÉSENT.	a io,	*j'affirme,*
		a is,	*tu affirmes,*
		a it,	*il affirme,*
		»	
		»	
		a iunt,	*ils affirment.*
	IMP.	a iebam, etc.	*j'affirmais.*
	FUT.	»	
IMPÉRAT.		a i,	*affirme.*
SUBJONCTIF	PRÉSENT.	a ias,	*que tu affirmes,*
		a iat,	*qu'il affirme,*
		a iamus,	*que nous affirmions,*
		»	
		a iant,	*qu'ils affirment.*
PARTICIPE SIMULTANÉ.		a iens, a ientis,	*affirmant.*

DEUXIÈME SÉRIE.

INDICATIF PARFAIT. a isti, *tu as affirmé,* a istis, *vous avez affirmé.* C'est tout.

TROISIÈME SÉRIE : MANQUE.

Ce verbe n'a d'irrégulier que la seconde personne de l'impératif, où la terminaison *i* devrait être *e*.

§ 36. Verbe **inqu io** *ou* **inquam**, **inqu is**, «, défectueux de la 3e et 4e conjugaison, inqu isti, sans supin.

MODES.	TEMPS.	PREMIÈRE SÉRIE.	
INDICATIF	PRÉSENT.	inqu io, am,	*dis-je,*
		inqu is,	*dis-tu,*
		inqu it,	*dit-il,*
		inqu imus,	*disons-nous,*
		inqu itis,	*dites-vous,*
		inqu iunt,	*disent-ils.*
	IMP.	inqu iebat,	*disait-il.*
		inqu iebant,	*disaient-ils.*
	FUT.	inqu ies,	*diras-tu.*
		inqu iet,	*dira-t-il.*
IMPÉRAT.		inqu e, ito,	*dis.*
SUBJONCTIF	PRÉSENT.	»	
		inqu iat,	*qu'il dise.*
		»	
		»	
		»	
		»	
		»	

DEUXIÈME SÉRIE.

inqu isti, *as-tu dit,* inqu it, *a-t-il dit,* inqu istis, *avez-vous dit.* C'est tout.

TROISIÈME SÉRIE : MANQUE.

Ce verbe n'a d'irrégulier que le mot *inquam,* que l'on peut regarder comme une contraction de l'imparfait *inquiebam :* en effet, *dis-je* peut toujours être remplacé par *disais-je.*

Le mot *inqu io* est douteux.

DES VERBES UNIPERSONNELS.

(Ils sont tous de la 2e conjugaison.)

§ 37.

Plusieurs verbes, n'étant employés que d'une manière géné rale (et sans appartenir à aucun sujet individuel), ne se voien guères qu'au singulier de la troisième personne. Les grammai riens actuels les appellent *unipersonnels*, réservant le nom d'*im personnels* qu'ils portaient autrefois, pour les temps qui n'on vraiment aucun rapport avec l'une des trois personnes, tel que les temps de l'infinitif et du participe, les gérondifs et le supins.

§ 38. Verbe oport et, ere, défect. de la 2e conj., oportu it, sans sup

MODES.	TEMPS.	PREMIÈRE SÉRIE.			DEUXIÈME SÉRIE.		
INDICA.	PRÉSENT.	oport et,	*il faut.*		PARFAIT.	oportu it,	*il a fallu.*
	IMPARFAIT.	oport ebat,	*il fallait.*		PLUS-QUE-PARF.	oportu erat,	*il avait fallu.*
	FUTUR.	oport ebit,	*il faudra.*		FUTUR-PASSÉ.	oportu erit,	*il aura fallu.*
SUBJ.	PRÉSENT.	oport eat,	*qu'il faille.*		PARFAIT.	oportu erit,	*qu'il ait fallu.*
	IMPARFAIT.	oport eret,	*qu'il fallût.*		PLUS-QUE-PARF.	oportu isset,	*qu'il eût fallu.*
INFINITIF	SIMULTANÉ.	oport ere,	*falloir.*		PARFAIT.	oportu isse,	*avoir fallu.*
PARTICIPE SIMULTANÉ.		»				»	

Ainsi se conjuguent :

dec et, ere, decu it, » *il convient.*
lic et, ere, licu it, licit um, *il est permis.*
lib et, ere, libu it, libit um, *il plaît.*
liqu et, ere, » » *il est clair.*

Les suivants ont le participe-futur-passif en *endus, a, um.* Il ont de plus dans la construction de la phrase une singularité q appartient à la syntaxe. (Voyez *syntaxe de l'accusatif.*)

pœnit et, ere, pœnitu it, » *se repentir.*
pud et, ere, pudu it, » *avoir honte.*
pig et, ere, pigu it, » *être fâché.*
tœd et, ere, » » *être ennuyé.*
miser et, ere, misert um, » *avoir compassion.*

§ 39. La dernière classe des VERBES DÉFECTUEUX renferme le petit nombre de ceux qui ont perdu la première série :

cœp	i, *j'ai commencé,*	supin	cœpt	um.
od	i, *je hais,*	supin	os	um.
memin	i, *je me souviens.*	»		»

On traduit les deux derniers comme s'ils n'appartenaient pas à la deuxième série [a]. Mais l'étymologie du mot *memini (mens)*, et sa forme, qui est évidemment celle d'un parfait, indiquent assez que son sens propre est *j'ai mis dans mon esprit*, par conséquent *je me souviens*. Nous expliquons de même *od i*, j'ai conçu de la haine, par suite, je hais. Voici, pour la facilité de la traduction, le tableau de *memin i*.

Verbe sans première série, memin i, sans supin.

MODES.	TEMPS.	DEUXIÈME SÉRIE.		MODES.	TEMPS.	DEUXIÈME SÉRIE.	
INDICATIF	PARFAIT.	memin i, etc.	*je me souviens,*	SUBJO.	PARFAIT.	memin erim, etc.	*que je me sois souvenu.*
	PL.-Q.-PARF.	memin eram, etc.	*je me souvenais,*		PL. Q. PARF.	memin issem, etc.	*que je me fusse souvenu.*
	FUTUR.	memin ero, etc.	*je me souviendrai,*	INFINITIF	PARFAIT.	memin isse,	*se souvenir.*
IMPÉRAT.		memento [b],	*souviens-toi,*				
		memento,	*qu'il se souvienne,*				
		mementote,	*souvenez-vous.*				

[b] Temps unique dans la langue latine, et évidemment dérivé du grec.

☞ *Nov i*, ayant la première série *nosc o, is, ere*, ne doit pas être appelé verbe défectueux, quoiqu'il se traduise *je connais*, par la même cause que pour *memin i* et *od i*. En effet, *nosc o* est un inchoatif, qui signifie *je viens à connaître, j'apprends* : nov i, *j'ai appris*, par conséquent *je connais*, comme le prouve cette phrase de Cicéron (Nat. De. I, 9.) : Omnes philosophiæ partes tum *noscuntur*, quùm totæ quæstiones scribendo explicantur, *on apprend très-facilement toutes les parties de la philosophie, lorsque*, etc.; et cette autre du même : se quisque *noscat* (I Tus. 52.), répétée par Juvénal (II Sat.), teipsum *nosce, apprends à te connaître.*

[a] Ce qui a trompé plusieurs grammairiens sur la dénomination de leurs temps.

CHAPITRE II. — DES MOTS DÉCLINABLES.

§ 40. § 41.

NOMBRES.	CAS.	1re DÉCLINAISON.		2e DÉCLINAISON.	
		Genre féminin.		Genre masculin.	
SINGULIER.	NOMINATIF.	Ros a,	*la rose.*	Domin us,	*le seigneur.*
	VOCATIF.	ros a,	*rose.*	domin e,	*seigneur.*
	ACCUSATIF.	ros am,	*la rose.*	domin um,	*le seigneur.*
	ABLATIF.	ros â,	*de la rose.*	domin o,	*du seigneur.*
	DATIF.	ros æ,	*à la rose.*	domin o,	*au seigneur.*
	GÉNITIF.	ros æ,	*de la rose.*	domin i,	*du seigneur.*
PLURIEL.	NOMINATIF.	ros æ,	*les roses.*	domin i,	*les seigneurs.*
	VOCATIF.	ros æ,	*roses.*	domin i,	*seigneurs.*
	ACCUSATIF.	ros as,	*les roses.*	domin os,	*les seigneurs.*
	ABLATIF.	ros is,	*des roses.*	domin is,	*des seigneurs.*
	DATIF.	ros is,	*aux roses.*	domin is,	*aux seigneurs.*
	GÉNITIF.	ros arum,	*des roses.*	domin orum,	*des seigneurs.*

Ainsi se déclinent : (voyez § 47 et 49.)

ADJECTIF DE LA 1re ET DE LA 2me DÉCLINAISONS.

		bon. Masculin.	*bonne.* Féminin.	Neutre.
SINGULIER.	NOMINATIF.	Bon us,	bon a,	bon um.
	VOCATIF.	bon e,	bon a,	bon um.
	ACCUSATIF.	bon um,	bon am,	bon um.
	ABLATIF.	bon o,	bon â,	bon o.
	DATIF.	bon o,	bon æ,	bon o.
	GÉNITIF.	bon i,	bon æ,	bon i.
PLURIEL.	NOM. VOC.	bon i,	bon æ,	bon a.
	ACCUSATIF.	bon os,	bon as,	bon a.
	ABL. DATIF.	bon is,	bon is,	bon is.
	GÉNITIF.	bon orum,	bon arum,	bon orum.

NOMBRES.	CAS.	2e DÉCLINAISON. *SUITE :*		2e DÉCLINAISON. *SUITE :*	
		Genre masculin.		Genre neutre.	
SINGULIER.	NOMINATIF.	Puer,	*l'enfant.*	Templ um,	*le temple.*
	VOCATIF.	puer,	*enfant.*	templ um,	*temple.*
	ACCUSATIF.	puer um,	*l'enfant.*	templ um,	*le temple.*
	ABLATIF.	puer o,	*de l'enfant.*	templ o,	*du temple.*
	DATIF.	puer o,	*à l'enfant.*	templ o,	*au temple.*
	GÉNITIF.	puer i,	*de l'enfant.*	templ i,	*du temple.*
PLURIEL.	NOMINATIF.	puer i,	*les enfants.*	templ a,	*les temples.*
	VOCATIF.	puer i,	*enfants.*	templ a,	*temples.*
	ACCUSATIF.	puer os,	*les enfants.*	templ a,	*les temples.*
	ABLATIF.	puer is,	*des enfants.*	templ is,	*des temples.*
	DATIF.	puer is,	*aux enfants.*	templ is,	*aux temples.*
	GÉNITIF.	puer orum,	*des enfants.*	templ orum,	*des temples.*

Ainsi se déclinent : (voy. § 49.)

AUTRE ADJECTIF DE LA 1re ET DE LA 2me DÉCLINAISONS.

		noir.	*noire.*	
		Masculin.	Féminin.	Neutre.
SINGULIER.	NOM. VOC.	Niger,	nigr a,	nigr um.
	ACCUSATIF.	nigr um,	nigr am,	nigr um.
	ABLATIF.	nigr o,	nigr â,	nigr o.
	DATIF.	nigr o,	nigr æ,	nigr o.
	GÉNITIF.	nigr i,	nigr æ,	nigr i.
PLURIEL.	NOM. VOC.	nigr i,	nigr æ,	nigr a.
	ACCUSATIF.	nigr os,	nigr as,	nigr a.
	ABL. DATIF.	nigr is,	nigr is,	nigr is.
	GÉNITIF.	nigr orum,	nigr arum,	nigr orum.

§ 42.

NOMBRES.	CAS.	3e DÉCLINAISON.		3e DÉCLINAISON. *SUITE :*	
		Masculin.		Neutre.	
SINGULIER.	NOMINATIF.	Pater,	*le père.*	Caput,	*la tête.*
	VOCATIF.	pater,	*père.*	caput,	*tête.*
	ACCUSATIF.	patr em,	*le père.*	caput,	*la tête.*
	ABLATIF.	patr e,	*du père.*	capit e,	*de la tête.*
	DATIF.	patr i,	*au père.*	capit i,	*à la tête.*
	GÉNITIF.	patr is,	*du père.*	capit is,	*de la tête.*
PLURIEL.	NOMINATIF.	patr es,	*les pères.*	capit a,	*les têtes.*
	VOCATIF.	patr es,	*pères.*	capit a,	*têtes.*
	ACCUSATIF.	patr es,	*les pères.*	capit a,	*les têtes.*
	ABLATIF.	patr ibus,	*des pères.*	capit ibus,	*des têtes.*
	DATIF.	patr ibus,	*aux pères.*	capit ibus,	*aux têtes.*
	GÉNITIF.	patr um,	*des pères.*	capit um,	*des têtes.*

Ainsi se déclinent : (voyez § 53 et 54.)

ADJECTIF DE LA 3e DÉCLINAISON.

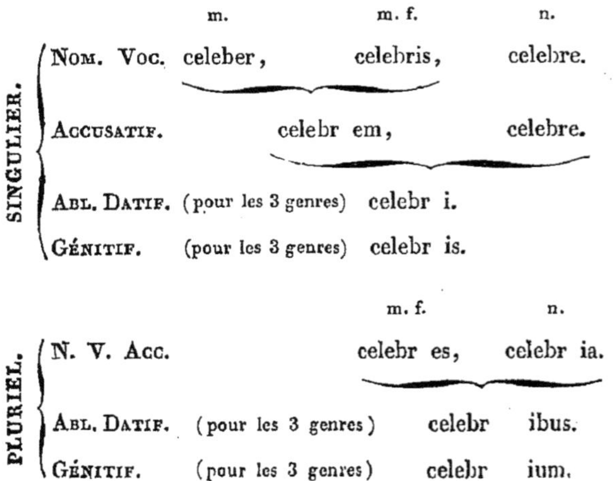

		m.	m. f.	n.
SINGULIER.	NOM. VOC.	celeber,	celebris,	celebre.
	ACCUSATIF.		celebr em,	celebre.
	ABL. DATIF.	(pour les 3 genres)	celebr i.	
	GÉNITIF.	(pour les 3 genres)	celebr is.	

			m. f.	n.
PLURIEL.	N. V. ACC.		celebr es,	celebr ia.
	ABL. DATIF.	(pour les 3 genres)	celebr	ibus.
	GÉNITIF.	(pour les 3 genres)	celebr	ium.

§ 43. § 44.

NOMBRES.	CAS.	4e DÉCLINAISON.			5e DÉCLINAISON.	
		Masculin.		*la corne.* Neutre.	Féminin.	
SINGULIER.	Nom.	Fruct us,	*le fruit.*	Corn u.	R es,	*la chose.*
	Voc.	fruct tus,	*fruit.*	corn u.	r es,	*chose.*
	Acc.	fruct um,	*le fruit.*	corn u.	r em,	*la chose.*
	Abl.	fruct u,	*du fruit.*	corn u.	r e,	*de la chose.*
	Dat.	fruct ui,	*au fruit.*	corn u.	r ei,	*à la chose.*
	Gén.	fruct ûs,	*du fruit.*	corn u.	r ei,	*de la chose.*
PLURIEL.	Nom.	fruct us,	*les fruits.*	corn ua.	r es,	*les choses.*
	Voc.	fruct us,	*fruits.*	corn ua.	r es,	*choses.*
	Acc.	fruct us,	*les fruits.*	corn ua.	r es,	*les choses.*
	Abl.	fruct ibus,	*des fruits.*	corn ibus.	r ebus,	*des choses.*
	Dat.	fruct ibus,	*aux fruits.*	corn ibus.	r ebus,	*aux choses.*
	Gén.	fruct uum,	*des fruits.*	corn uum.	r erum,	*des choses.*

Ainsi se déclinent : (voy. § 66.) (voy. § 69.)

AUTRES ADJECTIFS DE LA 3e DÉCLINAISON.

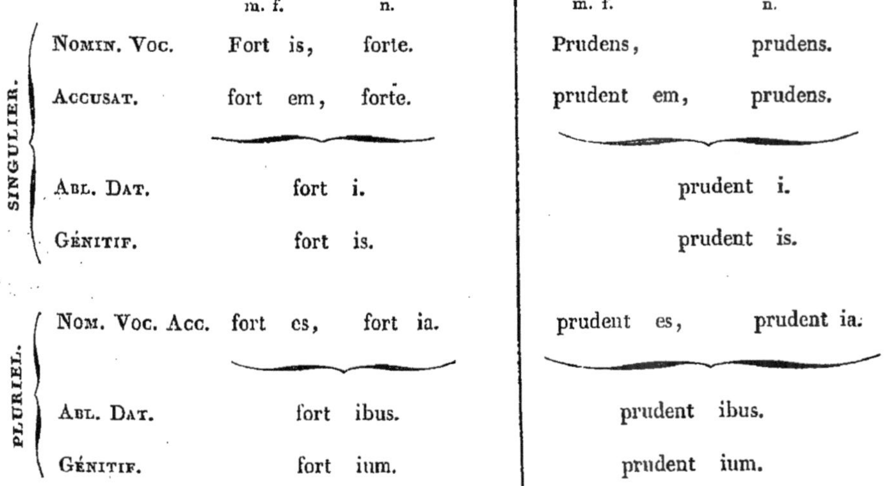

		m. f.	n.	m. f.	n.
SINGULIER.	Nomin. Voc.	Fort is,	forte.	Prudens,	prudens.
	Accusat.	fort em,	forte.	prudent em,	prudens.
	Abl. Dat.	fort i.		prudent i.	
	Génitif.	fort is.		prudent is.	
PLURIEL.	Nom. Voc. Acc.	fort es,	fort ia.	prudent es,	prudent ia.
	Abl. Dat.	fort ibus.		prudent ibus.	
	Génitif.	fort ium.		prudent ium.	

§ 45. TABLEAU RÉSUMÉ DES CINQ DÉCLINAISONS.

TERMINAISONS RÉGULIÈRES DU NOM, DE L'ADJECTIF ET DU PARTICIPE LATINS.

(Nota. *q.* signifie *quelquefois.*)		1re DÉCL.	2e DÉCL.		3e DÉCL.		4e DÉCL.		5e DÉCL.
NOMBRES.	CAS.	fém. *et q.* masc.	m. *et q.* f.	neut.	m. *ou* f.	neut.	m. *et* q. f.	neut.	féminin.
SINGULIER.	NOM.	ă.	us,	um.	(var.)	(var.)	us,		ēs.
	VOC.		e,						
	ACC.	am.	um,		em,		um,	ū.	em.
	ABL.	ā.	ō.		ĕ *et q.* i.		ū,		ē.
	DAT.	æ.			i.		ui,		ei,
	GÉN.		i.		is.		ūs.		
PLURIEL.	N. V.	æ.	i,	ă.	es,	ă *et q.* ia.	ūs,	uă.	ēs.
	ACC.	as.	os,						
	AB. D.	is.			ibus.				ēbus.
	GÉN.	arum.	orum.		um *et q.* ium.		uum.		ērum.

VÉRIFICATION.

---

§ 46. En regardant attentivement ce tableau, on découvrir que, quoiqu'il y ait six cas dans la déclinaison, aucun nom n'a six variations différentes pour le singulier ou pour le pluriel. Tout mot déclinable a au plus sept ou huit terminaisons pour les deux nombres.

Le nominatif et le vocatif se ressemblent dans toutes les déclinaisons, hors dans quelques mots masculins de la seconde au singulier.

Le datif et l'ablatif pluriels sont toujours semblables.

Les noms neutres ont les trois premiers cas semblables, tant au singulier qu'au pluriel, et ces trois cas au pluriel sont terminés en a.

Tout génitif pluriel est terminé en um.

Il faut se demander :

combien il y a de nombres ; — ce qu'ils signifient ;
combien il y a de cas ; — quels ils sont ; — combien de genres ;
comment on distingue les déclinaisons : on peut les distinguer par la terminaison de leurs génitifs :

La première décl. a le génit. sing. en æ, et le gén. plur. en arum.
La seconde . . . . en i, et. . . . . . . orum.
La troisième . . . . en is, et. . . . . . . um.
La quatrième. . . . . en ûs, et. . . . . . . uum.
La cinquième. . . . . en ei, et. . . . . . . erum.

REMARQUES SPÉCIALES ET IRRÉGULARITÉS.

PREMIÈRE DÉCLINAISON.

§ 47.

Cette déclinaison renferme :

1° Les noms féminins terminés en *a, æ*, *terr a, æ, plant a, æ, un a, æ, cost a, æ, scienti a, æ, soci a, æ, veni a, æ, materi a, æ,* etc.

2° Le féminin des adjectifs tels que *bon us*, *bon a*, *bon um*, ou *iger*, *pigr a*, *pigr um.*

3° Le féminin des participes en *us, a, um,* tels que *amat us*, *, um*, ou *imitat us*, *a*, *um, amatur us, a, um, amand us, a, um.*

4° Le féminin du superlatif des adjectifs et participes : *optim a, igerrim a*, *honoratissim a, amantissim a.* (Voyez ci-après §   )

5° Quelques noms masculins, que l'on reconnaît à leur signi fication :

poet a, æ, poëte.	*incol a, æ,* habitant.	*Publicol a, æ,* Publicola.
adven a, æ, étranger.	*agricol a, æ,* laboureur.	*Grajugen a, æ,* Grec.

IRRÉGULARITÉS.

§ 48.

1. Quelques noms féminins, qui ont des correspondants masculin en *us*, peuvent terminer leur datif-ablatif pluriel en *abus*, dans les phrases où il est nécessaire d'indiquer le genre, et où il ne serait pas reconnaissable sans cela. Ces noms sont : *Dea*, *fili a, nat a, anim a, serv a*, etc. Joignez-y les adjectifs *duæ* *ambæ*, qui seront déclinés ci-après § 51.

Cicéron a dit (*Rabir.* 2.) : « *Cæteris diis* deabus*que immortalibus* ». Mais le même auteur a dit aussi : « *Tull. Terentiæ et Tulliolæ, duabus* anim is *suis*, parceque *duabus* indiquait suffisamment le genre.

2. Le féminin *e a, jus*, etc., *un a, ius, du æ, arum, amb æ, arum*, de quelques adjectifs irréguliers dont nous donnons le tableau au § 50, appartient encore à cette déclinaison.

Voyez enfin les noms grecs § 71.

DEUXIÈME DÉCLINAISON.

§ 49.

Elle renferme :

1° Les noms masculins en *us, i* :

corv us, i, corbeau.	*pont us, i,* la mer ou le Pont.	*dum us, i,* buisson.
colon us, i, colon, cultivateur.	*cytis us, i,* cytise.	*spin us, i,* prunier sauvage.

etc., etc., etc.

***Fili us**, fili i*, fils : ce nom, ainsi que *Geni us* et les noms propres en *ius*, manquent de terminaison au vocatif, et font *fili*, *geni*, *Virgili*, etc., soit qu'il y ait eu suppression de l'*e*, soit qu'il y ait contraction de l'*i* de la base avec l'*e* de la terminaison.

De us, i, Dieu. Ce nom a le vocatif semblable au nominatif ainsi qu'*agn us* et *chor us*, et probablement beaucoup d'autres

De us fait au pluriel : nominatif-vocatif *di i*, datif-ablatif *di is*. Les autres cas sont réguliers.

2° Quelques noms féminins de la même terminaison, savoir : presque tous les noms d'arbres :

f. *cupress us, i,*	*laur us, i,*	*fag us, i,*	*mal us, i,*
pin us, i,	*pir us, i,*	*popul us, i,*	*ulm us, i.*

plusieurs noms tirés du Grec :

f. *Corinth us, i,*	*crystall us, i,*	*exod us, i,*	*period us, i,*
Cypr us, i,	*diphthong us, i,*	*method us, i,*	*synod us, i,*
abyss us, i,	*erem us, i,*	*papyr us, i,*	*atom us, i.*

et les suivants :

f. *alv us, i,* ventre.	*hum us, i,* terre.
col us, i, quenouille.	*carbas us, i,* voile de lin.

3° Les noms en *r*, qui n'ont pas de terminaison régulière au nominatif singulier :

m. *puer, puer i,* enfant.	*socer, socer i,* beau-père.
gener, gener i, gendre.	*vesper, vesper i,* soir.
liber, liber i, fils ou Bacchus.	*armiger, armiger i,* écuyer.
presbyter, presbyter i, vieillard ou prêtre.	

qui portent l'*e* à tous les cas comme au nominatif.

m. *aper, apr i,* sanglier.	*caper, capr i,* bouc.	*liber, libr i,* livre.
ager, agr i, champ.	*coluber, colubr i,* couleuvre.	*minister, ministr i,* ministre.
arbiter, arbitr i, arbitre.	*culter, cultr i,* couteau.	*magister, magistr i,* maître.
cancer, cancr i, cancer.	*faber, fabr i,* ouvrier.	*oleaster, oleastr i,* olivier sauvage.

qui ont devant l'*r* final du nominatif un *e* qui n'est point aux autres cas.

vir, vir i, homme; et ses composés.

4° Les noms neutres en *um :*

verb um, verb i, parole.	*brachi um, brachi i,* bras.	*foli um, foli i,* feuille.
templ um, templ i, temple.	*bell um, bell i,* guerre.	*studi um, studi i,* goût.
vin um, vin i, vin.	*coll um, coll i,* col.	etc. etc.
mendaci um, mendaci i, mensonge.	*palli um, palli i,* manteau.	

5° Le masculin et le neutre de tous les adjectifs et participes dont le féminin est en *a* :

m.		n.		
(comme *Domin us.*)		(comme *templ um.*)		
amat us,	*(amat a,)*	*amat um,*	aimé.	
bon us,	*(bon a,)*	*bon um,*	bon.	
me us,	*(me a,)*	*me um,*	mon, le mien.	Le vocatif masculin est *mi.*
tu us,	*(tu a,)*	*tu um,*	ton.	Ces trois adjectifs n'ont pas de vocatif.
su us, [a]	*(su a,)*	*su um,*	son.	
cuj us,	*(cuj a,)*	*cuj um,*	de qui.	
(comme *puer.*)				
liber,	*(liber a,)*	*liber um,*	libre.	On remarque ici deux classes d'adjectifs en *er*, comme on a vu deux classes de noms, n° 3.
piger,	*(pigr a,)*	*pigr um,*	paresseux.	
noster,	*(nostr a,)*	*nostr um,*	nôtre.	
vester,	*(vestr a,)*	*vestr um,*	vôtre.	
satur,	*(satur a,)*	*satur um,*	rassasié.	

[a] *Me us, tu us, su us, noster, vester,* sont nommés adjectifs *possessifs,* parce qu'ils expriment la possession. Cette dénomination est juste. Elle n'est d'aucune utilité pour l'analyse grammaticale.

§ 50.

Ici se rattache une classe d'ADJECTIFS IRRÉGULIERS, dont le caractère principal est d'avoir au singulier le datif en *i*, et le génitif en *ius*.

NOMBRES.	CAS.	MASCUL.	FÉMININ.	NEUTRE.
		il.	*elle.*	*ce.*
SIN-GU-LIER.	NOM.	Is,	e a,	id,
	ACC.	e um,	e am,	
	ABL.	e o,	e â,	e o,
	DAT.		e i,	
	GÉN.		e jus.	
PLU-RIEL.	NOM.	I i,	e æ,	e a,
	ACC.	e os,	e as,	
	AB. D.	i is	*ou*	e is,
	GÉN.	e orum,	e arum,	e orum.

MASCUL.	FÉMININ.	NEUTRE.
celui-ci.	*celle-ci.*	*ce.*
Hic,	hæc,	hoc,
hunc,	hanc,	
hoc,	hâc,	
	huic,	
	hu jus.	
H i,	h æ,	hæc,
h os,	h as.	
	h is.	
h orum,	h arum,	h orum.

NOMBRES.	CAS.	MASCUL.	FÉMININ.	NEUTRE.
		celui-là.	*celle-là.*	*ce.*
SIN-GU-LIER.	NOM.	Ill e,	ill a,	illud,
	ACC.	ill um,	ill am,	
	ABL.	ill o,	ill â,	ill o,
	DAT.		ill i,	
	GÉN.		ill ius.	
PLU-RIEL.	NOM.	Ill i,	ill æ,	ill a,
	ACC.	ill os,	ill as,	
	AB. D.		ill is,	
	GÉN.	ill orum,	ill arum,	ill orum.

MASCUL.	FÉMININ.	NEUTRE.
qui, lequel.	*laquelle.*	
Qui,	quæ,	quod,
qu em,	qu am,	
qu o,	qu â,	
	cu i,	
	cu jus.	
Qu i,	qu æ,	quæ,
qu os,	qu as,	
	qu ibus *ou* que is,	
qu orum,	qu a[illegible],	qu orum.

Remarquez que le pluriel de ces quatre adjectifs est régulier e la 1re et de la 2me déclinaisons, excepté les neutres *hæc* et *quæ*.

Déclinez comme *is* : son composé

m.	f.	n.		
i dem,	*ea dem*,	*i dem*,	*ejus dem*,	le même, (soit à la première, soit à la seconde, soit à la troisième personne [a].)

comme *hic* : ses composés

hic ce, *hæc ce*, *hoc ce*, *hujus ce*. (La syllabe *ce* augmente l'énergie du mot.)
hic cine, *hæc cine*, *hoc cine*, (qui ne s'emploie qu'en interrogeant.)

comme *ille* les suivans ; mais ils ont le neutre en *um*, excepté les deux premiers :

ist e,		*ist*	*a*,	*ist*	*ud*,	*ist*	*ius*,	ce.
ali	*us*,	*ali*	*a*,	*ali*	*ud*,	*al i*	*us* [b],	autre.
ips e,		*ips*	*a*,	*ips*	*um*,	*ips*	*ius*,	moi-même, toi-même, lui-même.
sol	*us*,	*sol*	*a*,	*sol*	*um*,	*sol*	*ius*,	seul.
tot	*us*,	*tot*	*a*,	*tot*	*um*,	*tot*	*ius*,	tout.
ull	*us*,	*ull*	*a*,	*ull*	*um*,	*ull*	*ius*,	quelque.
null	*us*,	*null*	*a*,	*null*	*um*,	*null*	*ius*,	aucun.
nonnull	*us*,	*nonnull*	*a*,	*nonnull*	*um*,	*nonnull*	*ius*,	quelque.
un	*us*,	*un*	*a*,	*un*	*um*,	*un*	*ius*,	un.
alt	*er*,	*alter*	*a*,	*alter*	*um*,	*alter*	*ius*,	l'autre.
ut	*er*,	*utr*	*a*,	*utr*	*um*,	*utr*	*ius*,	lequel des deux.
alterut	*er*,	*alterutr*	*a*,	*alterutr*	*um*,	*alterutr*	*ius*,	l'un ou l'autre.
ut	*erque*,	*utr*	*aque*,	*utr*	*umque*,	*utr*	*iusque*,	l'un et l'autre.
neut	*er*,	*neutr*	*a*,	*neutr*	*um*,	*neutr*	*ius*,	ni l'un ni l'autre.

Déclinez comme *qui* : ses composés

m.		f.		n.		gén.		
qui	*cunque*,	*quæ*	*cunque*,	*quod*	*cunque*,	*cujus*	*cunque*,	quiconque.
qui	*libet*,	*quæ*	*libet*,	*quod*	*libet*,	*cujus*	*libet*,	
qui	*vis*,	*quæ*	*vis*,	*quod*	*vis*,	*cujus*	*vis*,	
qui	*dam*,	*quæ*	*dam*,	*quod*	*dam*,	*cujus*	*dam*,	quelque, certain.

l'interrogatif et dubitatif

quis, *quæ*, *quid* (*quod* avec un nom), *cujus*,

et ses composés :

quis	*nam*,	*quæ*	*nam*,	*quod*	*nam*,	*cujus*	*nam*,	qui, quel, quelle, quoi.
quis	*quam*,	*quæ*	*quam*,	*quod*	*quam*,	*cujus*	*quam*,	quelqu'un, quelqu'une, quelque chose.
quis	*piam*,	*quæ*	*piam*,	*quod*	*piam*,	*cujus*	*piam*,	
quis	*que*,	*quæ*	*que*,	*quid*	*que*,	*cujus*	*que*,	chacun.
unusquis	*que*,	*unaquæ*	*que*,	*unumquod*	*que*,	*uniuscujus*	*que*,	
quis	*quis*,	*quæ*	*quæ*,	*quid*	*quid*,	*cujus*	*cujus*,	qui que ce soit qui, quiconque, quelque chose que.
ali	*quis*,	*ali*	*qua*,	*ali*	*quid*,	*ali*	*cujus*,	quelqu'un.
ec	*quis*,	*ec*	*qua*,	*ec*	*quid*,			qui ? (toujours avec interrogation.)

a. Idem plura bona feci. (Corn. Them. 9.)

b. On voit que ce génitif contracte les deux *i* en un. La contraction ne se fait pas au datif *ali i*.

REMARQUE 1. *Quis* et *quid* peuvent exactement être appelés des *noms* : car nous ne voyons pas qu'ils soient joints (comme les adjectifs) à des noms auxquels ils appartiennent ; et quand on interroge avec un nom, on se sert de *qui* (Ter., Cicér.) et de *quod*.

REMARQUE 2. *Aliquis*, outre le pluriel du tableau, a encore le mot *aliquot*, qui paraît formé de *alii* et *quot*, et qui s'emploie à tous les genres et à tous les cas du pluriel.

L'initial *ali* se retranche après *si : si* quâ *fata sinant* (*quâ* pour *aliquâ* [*ratione*] à l'abl. sing. fémin.). *Si* qua *tegunt* (*qua* pour *aliqua* [*negotia*] à l'accusatif pluriel neutre).

REM. 3. Comme	*templ a*	a la même termin.	que	*ros*	*a*,
et	*bon a* (plur. n.)	la même	que	*bon*	*a* (sing. f.).
de même	*e a* / *hæc* / *quæ*	a la même	que	*e a.* / *hæc.* / *quæ.*	
et	*aliqu a*	la même	que	*aliqu*	*a.*

Cette analogie singulière du singulier féminin avec le pluriel neutre se retrouve sous une autre forme au § 56.

§ 51.

L'adjectif *duo*, deux, et *ambo*, les deux, qui se décline comme lui, n'ont et ne peuvent avoir de singulier.

		m.	f.	n.
PLURIEL.	NOMINATIF.	Du o,	du æ,	du o,
	ACCUSATIF.	du os *ou* o,	du as,	du o,
	ABL. DAT.	du obus,	du abus,	du obus.
	GÉNITIF.	du orum,	du arum,	du orum.

§ 52.

NOMS PERSONNELS.

NOMBRES.	CAS.	NOM DE LA 1re PERS.	2e PERS.	3e PERS.
		moi.	*toi.*	*soi.*
SINGULIER.	NOMIN.	Ego,	Tu,	»
	VOCATIF.	»		
	ACCUSAT. ABLATIF.	me,	te,	se,
	DATIF.	mihi,	tibi,	sibi,
	GÉNITIF.	meî.	tuî.	suî.
		nous.	*vous.*	*eux.*
PLURIEL.	N. V. A.	Nos,	Vos,	(Le même qu'au singulier.)
	AB. DAT.	nobis,	vobis,	
	GÉNITIF.	nostr { ûm, î.	vestr { ûm, î.	

Ces noms sont masculins ou féminins, selon le genre de la personne qu'ils représentent. Ils font transition entre la seconde déclinaison et la troisième.

TROISIÈME DÉCLINAISON.

§ 53.

Cette déclinaison n'a pas de terminaison uniforme au nominatif singulier. Elle renferme :

1° Des noms soit masculins soit féminins (modèle *pater*) :

masculins.

Frutex,	*frutic*	*is,*	arbrisseau.
pecten,	*pectin*	*is,*	peigne.
senex,	*sen*	*is,*	vieillard.
princeps,	*princip*	*is,*	qui prend la 1re place.
labor,	*labor*	*is,*	travail.
as,	*ass*	*is,*	sou.
gigas,	*gigant*	*is,*	géant.

féminins.

cornix,	*cornic*	*is,*	corneille.
nox,	*noct*	*is,*	nuit.
clades,	*clad*	*is,*	défaite.
tellus,	*tellur*	*is,*	terre.
daps,	*dap*	*is,*	mets.
cupido,	*cupidin*	*is,*	passion.

masculin.				féminin.			
poples,	*poplit*	*is*,	jarret.	*quæstio*,	*quæstion*	*is*,	recherche.
ros,	*ror*	*is*,	rosée.	*sors*,	*sort*	*is*,	sort.
lepus,	*lepor*	*is*,	lièvre.	m. ou f.			
finis,	*fin*	*is*,	fin.	*bos*,	*bov*	*is*,	bœuf ou génisse.
	etc.				etc.		

Cette dernière terminaison, en *is* (*fin is*), paraît avoir été primitivement celle de tous les nominatifs de la troisième déclinaison, et s'être perdue par diverses contractions, soustractions et altérations, dont il est facile de se rendre compte en comparant le nominatif avec le génitif dans les diverses classes de noms cités plus haut, et d'adjectifs cités plus bas.

Remarque 1. Nous noterons avec soin que les noms en *or*, et particulièrement les termes abstraits *odor*, *color*, *nidor*, etc. sont du genre masculin, quoique leurs correspondants français soient féminins.

Remarque 2. Le nom *bos*, *bov is*, pluriel *bov es*, fait au datif-ablatif *bo bus*, et au génitif *bo um*, par le retranchement de la syllabe intermédiaire.

Remarque 3. Les noms

	secur is,	*is*,	hache,	ont l'accusatif en *im*, et l'ablatif en *i*.	*clav*	*is*,	*is*,	clê,	ont l'accusatif en *em* ou *im*, et l'ablatif en *e* ou *i*.
	sit is,	*is*,	soif,		*sement*	*is*,	*is*,	semaille,	
	tuss is,	*is*,	toux,		*pupp*	*is*,	*is*,	pouppe,	
	pelv is,	*is*,	bassin,		*aqual*	*is*,	*is*,	aiguière,	
	v is,	*is*,	force,		*nav*	*is*,	*is*,	vaisseau,	
noms de fleuves.	*Tiber is*,	*is*,	Tibre,		*rest*	*is*,	*is*,	corde,	
	Tigr is,	*is*,	Tigre,		*febr*	*is*,	*is*,	fièvre,	
	Arar is,	*is*,	Saône,		*turr*	*is*,	*is*,	tour,	

Ce qui fait bien voir que l'ablatif se forme de l'accusatif, en supprimant *m*. On peut étendre cette remarque aux autres déclinaisons : les anciens latins écrivaient *dominom*.

§ 54.

2° La 3e déclinaison renferme des noms neutres (modèle *caput*) :

Corpus,	*corpor*	*is*,	corps.
æs,	*ær*	*is*,	airain.
acer,	*acer*	*is*,	balle.
iter,	*itiner*	*is*,	route.
olus,	*oler*	*is*,	légume.
cor,	*cord*	*is*,	cœur.
fel,	*fell*	*is*,	fiel.

Lac,	*lact*	*is*,	lait.
agmen,	*agmin*	*is*,	troupe.
poema,	*poemat*	*is*,	poëme. etc.

Les noms en *ma*, *matis*, ont le datif-ablatif pluriel en *is* ou *ibus*,

poemat is
ou *poemat ibus*.

animal,	*animal*	*is*,	animal.
jubar,	*jubar*	*is*,	flambeau.
cubile,	*cubil*	*is*,	lit.

Les noms communs de ces trois terminaisons *al*, *ar*, *e*, ont l'ablatif singulier en *i*, et ils font au pluriel *ia*, *ium*. Joignez-y *animans*, *animant is*, animal.

8

§ 55.

3° Des adjectifs qui se rapportent en entier à cette déclinaison. Il y en a trois classes : mais il n'y a qu'une seule manière de les décliner. Voyez le tableau § 42.

1re Classe. Adjectifs qui ont trois terminaisons au nominatif singulier :

m.		f.	n.	
Celeber ou	*celebr is*,	*celebr is*,	*celebr e*,	célèbre, fréquenté.
acer ou	*acr is*,	*acr is*,	*acr e*,	vif.
alacer ou	*alacr is*,	*alacr is*,	*alacr e*,	actif.
celer ou	*celer is*,	*celer is*,	*celer e*,	prompt.
saluber ou	*salubr is*,	*salubr is*,	*salubr e*,	salutaire.

2me Classe. Adjectifs qui ont deux terminaisons au nominatif singulier :

m. f. n.	m. f. n.	m. f. n.
Fort is, e, vaillant.	*læv is, e*, lisse.	*virid is, e*, vert.
com is, e, poli.	*lev is, e*, léger.	etc., etc.
jug is, e, perpétuel.	*facil is, e*, facile.	

Les adjectifs de ces deux classes ont l'ablatif singulier en *i* pour les trois genres. C'est pour distinguer cet ablatif des cas neutres en *e*. Les poëtes ne tiennent nul compte de cette règle.

3me Classe. Adjectifs qui n'ont qu'une terminaison au nominatif singulier :

m. f. n.			m. f. n.		
Prudens,	gén. *prudent is*,	ayant connaissance.	*anceps*,	gén. *ancipit is*,	qui a deux têtes.
audax,	*audac is*,	hardi.	*sospes*,	*sospit is*,	sauf.
concors,	*concord is*,	qui est d'accord.	*par*,	*par is*,	égal, etc.

A cette 3me classe se rattache le participe simultané des quatre conjugaisons :

Am ans,	*amant is*,	aimant.	*leg ens*,	*legent is*,	lisant.
imit ans,	*imitant is*,	imitant.	*aud iens*,	*audient is*,	entendant.
mon ens,	*monent is*,	avertissant.	*iens*,	*eunt is*,	allant, etc., etc.

§ 56.

On peut rattacher à ces participes certains adjectifs en *or*, qui dérivent des verbes, et que l'on nommerait des noms, s'ils n'avaient un féminin, qui lui-même fournit quelquefois un pluriel neutre :

masculin.		féminin.		pl. n.
altor,	*altor is,*	*altrix,*	*altric is,*	
genitor,	*genitor is,*	*genitrix,*	*genitric is,*	
ultor,	*ultor is,*	*ultrix,*	*ultric is,*	*ultric ia.*
victor,	*victor is,*	*victrix,*	*victric is,*	*victric ia.*

Nous avons déjà remarqué l'analogie constante et sans exception du pluriel neutre avec le singulier féminin. (§ 50, Rem. 3.)

§ 57.

Règle particulière. Les adjectifs de la troisième classe ont l'ablatif singulier en *e* ou *i*.

Règle générale. Les adjectifs des trois classes ont les trois premiers cas du pluriel en *ia* pour le neutre, et le génitif pluriel en *ium* pour les trois genres.

Exceptez *vetus, veter is,* (vieux,) adjectif de la troisième classe, qui fait au pluriel *veter a, veter um.*

Résumé sur le génitif pluriel ium.

§ 58.

Ont le génitif pluriel en *ium* :

1° Les noms en *es* ou en *is* qui n'ont pas plus de syllabes au génitif qu'au nominatif : *av ium, ens ium, clad ium, mens ium,* etc.

Exception. On dit pourtant *juven um, vat um, can um.*

2° La plupart des monosyllabes : *lar, mas, mus, as* et ses composés, etc. :

Lar ium,	*niv ium,*	*noct ium,*	*fauc ium,*
mar ium,	*art ium,*	*cot ium,*	*ass ium,*
mur ium,	*dit ium,*	*dot ium,*	*oss ium,*
cord ium,	*lit ium,*	*gent ium,*	etc.

3° Les mots qui ont l'ablatif singulier en *i*, ou en *e* ou *i* : ce qui comprend, outre plusieurs noms, tous les adjectifs, et tous les participes simultanés :

Laquear ium,	*vir ium,*	*fort ium,*
mar ium (de *mare*),	*celebr ium,*	*amant ium,* etc., etc.

§ 59.

Enfin, la troisième déclinaison renferme tous les *comparatifs* :

	m. f.	n.	génitif.	
Sanct	*ior*,	*ius*,	*sanctior*	*is*, comparatif de *sanct us*, *a*, *um*.
pigr	*ior*,	*ius*,	*pigrior*	*is*, comparatif de (*piger*,) *pigr a*, *pigr um*.
celebr	*ior*,	*ius*,	*celebrior*	*is*, comparatif de (*celeber*,) *celebr is*.
fort	*ior*,	*ius*,	*fortior*	*is*, comparatif de *fort is*, *e*.
audac	*ior*,	*ius*,	*audacior*	*is*, comparatif de *audax*, *audac is*.
amant	*ior*,	*ius*,	*amantior*	*is*, comparatif de *amans*, *amant is*.
honorat	*ior*,	*ius*,	*honoratior*	*is*, comparatif de *honorat us*, *a*, *um*.
liber	*ior*,	*ius*,	*liberior*	*is*, comparatif de *liber*, *liber a*, *um*.

Règle. Le comparatif a l'ablatif singulier en *e* ou *i*, et pourtant il a au pluriel les premiers cas neutres en *a*, et le génitif des trois genres en *um* : *sanctior e* ou *sanctior i*, *sanctior a*, *sanctior um*.

Exception. *Plus* fait *plur a*, *plur ium*.

APPENDICE SUR LES DEGRÉS DES ADJECTIFS.

§ 60.

Les adjectifs et beaucoup de participes ont trois degrés :

Le premier se nomme positif ; c'est l'adjectif simple, *bon us*, bon, *sanct a*, sainte.

Le second se nomme comparatif : il énonce expressément la comparaison d'un objet avec un autre : *patriæ quàm hospitii* SANCTIORA *jura* (Corn. N. Tim.), les droits de la patrie *plus sacrés* que ceux de l'hospitalité.

Le troisième se nomme superlatif : il exprime en latin ou un degré très-élevé, ou le degré le plus élevé de la qualité dont on parle : *sanctissim us*, très-saint ou le plus saint.

La formation des deux degrés supérieurs est évidemment une extension de la déclinaison des adjectifs et participes. Au radical régulier du mot (radical que l'on peut prendre au génitif), on ajoute

ior, *ius*, pour avoir le comparatif ;

issim us, *issim a*, *issim um*, pour avoir le superlatif :

Audax, *audac is*, *audac ior*, *ius*, *issimus*, etc.

EXCEPTION 1. Pour le superlatif : les adjectifs en *er* (soit de la seconde soit de la troisième déclinaison) forment leur superlatif avec le nominatif masculin, en y ajoutant *rimus* :

	liber,	(*liber ior,*) liberrim	*us, a, um.*
	pulcher,	(*púlchr ior,*) pulcherrim	*us, a, um.*
	celeber,	(*celebr ior,*) celeberrim	*us, a, um.*
Joignez-y *vet us*, (primitivement *veter*)	*veter is,*	(*veter ior,*) veterrim	*us, a, um.*

EXCEPTION 2. Quelques adjectifs en *lis* forment leur superlatif en *illim us* :

Facil is, (*facilior,*) facillim *us, a, um.*
gracil is, (*gracilior,*) gracillim *us, a, um.*
humil is, (*humilior,*) humillim *us, a, um.*
imbecill is, (*imbecillior,*) imbecillim *us, a, um.*
simil is, (*similior,*) simillim *us, a, um.*
Mais *util is* fait régulièrement *utilissim us.*

EXCEPTION 3.

Exter us, (*exterior*) fait au superlatif *extrem us.*
poster us, (*posterior*) fait au superlatif *postrem us.*
super us, (*superior*) fait au superlatif *suprem us.*
infer us, (*inferior*) fait au superlatif *infim us.*

EXCEPTION 4. Les adjectifs en *dic us*, *vol us*, *fic us*, forment ainsi leurs degrés :

Maledic us, maledicent *ior*, maledicentissim *us.*
benevol us, benevolent *ior*, benevolentissim *us.*
magnific us, magnificent *ior*, magnificentissim *us.*

Ce qui rappelle les noms *maledicentia*, *benevolentia*, *magnificentia*, et les verbes au participe *dicens*, *volens*, *faciens*, qui les ont fournis.

EXCEPTION 5.

		compar.	superl.
Magn us	fait	*ma jor,*	*maxim us.*
mal us	a	*pe jor,*	*pessim us.*
parv us	a	*min or,*	*minim us.*
et *bon us*	a	*mel ior,*	*optim us.*

Il est évident qu'on ne peut en aucune manière avoir formé
pejor, *minor* et *melior*,
e *malus*, *parvus* et *bonus* ;
ais que ce sont des comparatifs dont le positif est tombé en lésuétude, et qui ont eux-mêmes fait oublier le comparatif dérivé es mots *malus*, *parvus et bonus*, auxquels ils en tiennent lieu. lême remarque pour le superlatif.

Le latin offre d'autres exemples d'adjectifs dont le positif est inusité :

»	*plus*,	*plurim us, a, um.*	»	*inter* {*ior*, *ius*,}	*intim us, a, um.*
»	*pr* {*ior*, *ius*,}	*prim us, a, um.*	»	*ulter* {*ior*, *ius*,}	*ultim us, a, um.*

Exception 6. Les adjectifs en *ius*, *eus*, *uus*, n'ont ni comparatif ni superlatif. On y supplée avec des adverbes : *magis pius*, plus pieux, *maximè pius*, très-pieux.

Cependant Tacite et Quinte-Curce n'ont pas craint d'employer *piissimus*, quoique Cicéron l'eût raillé dans Antoine.

§ 61.

Les adverbes, fournis par les diverses classes d'adjectifs et de participes, s'élèvent aussi au comparatif et au superlatif :

	Doctè	(savamment),	*doct*	*iùs*,	*doctissim*	*è.*
	citò	(vite),	*cit*	*iùs*,	*citissim*	*è.*
	pulchrè	(bien),	*pulchr*	*iùs*,	*pulcherrim*	*è.*
	fortiter	(vaillamment),	*fort*	*iùs*,	*fortissim*	*è.*
	benè	(bien),	*mel*	*iùs*,	*optim*	*è.*
	malè	(mal),	*pe*	*jùs*,	*pessim*	*è.*
	parùm	(peu),	*min*	*ùs*,	*minim*	*è.*
	propè	(près),	*prop*	*iùs*,	*proxim*	*è.*
	potè	(peut-être),	*pot*	*iùs*,	*potissim*	*è.*
Joignez-y	*nuper*	(naguères),	»		*nuperrim*	*è.*
	sæpè	(souvent),	*sæp*	*iùs*,	*sæpissim*	*è.*

On voit 1° que le comparatif adverbe n'est autre chose que le neutre du comparatif adjectif.

2° Que le superlatif adverbe s'obtient en donnant la terminaison *è* au superlatif adjectif.

APPENDICE POUR LES ADJECTIFS DE NOMBRE.

§ 62.

Les uns marquent la quantité, les autres l'ordre; chaque adjectif de ces deux classes forme un adverbe qui lui correspond. Ainsi, on a, pour chaque nombre, quatre mots tirés de la même racine (sauf pour les deux premiers nombres) :

CHIFFRES ROMAINS.	ADJECTIFS DE QUANTITÉ, OU NOMBRES CARDINAUX.	ADVERBES DE QUANTITÉ.	ADJECTIFS D'ORDRE, OU NOMBRES ORDINAUX.	ADVERBES D'ORDRE.	OBSERVATIONS.
I.	Un us, a, um [a].	semel, *une fois.*	prim us, a, um.	prim { ùm, ò, *premièrement.*	a *Adjectif irrégulier de la première et de la seconde déclinaison, indiqué* § 50.
II.	Du o, æ, o [b].	bis.	secund us.	secund { ùm. ò.	
III.	Tr es, ia [c].	ter.	terti us.		
IV.	Quat uor.	.. er.	quart us.	*Tous les adverbes d'ordre se forment en donnant les terminaisons* ùm *ou* ò *aux adjectifs ordinaux correspondants.*	b *Adjectif d'une déclinaison irrégulière : il est donné* § 51.
V.	Quinqu e.	.. iès.	quint us.		
VI.	Sex .	.. iès.	. . t us.		
VII.	Sept em.	.. iès.	. . im us.		c *Adjectif défectueux, mais régulier de la troisième déclinaison. Les nombres qui suivent sont indéclinables.*
VIII.	Oct o.	.. iès.	. . av us.		
IX.	Nov em.	.. iès.	non us.		
X.	Dec em.	.. iès.	. . im us.		
XI.	Undec im.	.. iès.	. . im us.		
XII.	Duodec im.	.. iès.	. . im us.		
XIII.	Tredec im.	.. iès.	(tertius decimus.)		
XIV.	Quatuordec im.	.. iès.	(quartus decimus.)		
XV.	Quindec im.	.. iès.	(quintus decimus.)		
XVI.	Sexdec im.	.. iès.	(sextus decimus.)		
XVII.	Septemdec im.	.. iès.	(septimus decimus.)		
XVIII.	Octodec im.	.. iès.	(octavus decimus.)		
XIX.	Novemdec im [d].	.. iès.	(nonus decimus.)		d *On trouve aussi* undeviginti.
XX.	Vig inti.	..iès [e].	. . esimus.		
XXI.	viginti unus.		(vigesimus primus.)		e *On dit plus souvent* viciès (*vingt fois*), *et aussi bien* vicesimus (*vingtième*).
XXX.	Trig inta.	triciès.	tri { g c } -esimus.		
XL.	Quadrag inta.	*Les autres adverbes de quantité se forment régulièrement en ajoutant la terminaison* iès *à la racine du nombre cardinal.*	*Les autres adjectifs d'ordre se forment régulièrement en ajoutant la terminaison* esim us, a, um, *à la racine.*		
L.	Quinquag inta.				
LX.	Sexag inta.				
LXX.	Septuag inta.				
LXXX.	Octog inta.				
XC.	Nonag inta.				
C.	Cent um.				
CC.	Ducent i, æ, a.				
CCC.	Trecent i, æ, a.				
CCCC.	Quadringent i, æ, a.				
IↃ ou D.	Quingent i, æ, a.				
DC.	Sexcent i, æ, a.				
DCC.	Septingent i, æ, a.				f Mille *est employé tantôt comme adjectif,* mille homines, *et tantôt comme nom* mille hominum : *au pluriel, presque toujours comme nom, et il est neutre régulier de la troisième déclinaison :* mill { ia, ibus, ium.
DCCC.	Octingent i, æ, a.				
CM.	{ Noningent / Nongent } i, æ, a.				
M.	Mill e [f].				
deux mille.	(bis mill e *ou* duo millia.)				
un million.	milliès mille, *ou* deciès centena millia.				

§ 63.

Les nombres chronologiques s'énoncent en latin par l'adjectif d'ordre : l'an 1831 de N. S. J. C., MDCCCXXXI, *anno Christi millesimo octingentesimo trigesimo primo.*

§ 64.

Il faut s'exercer à remplir le tableau ; — à reconnaître comment les noms des dixaines et des centaines sont tirés de la racine des unités ; — quelle est la syllabe qui veut dire *dix* ; — quelle est la syllabe qui veut dire *cent.*

§ 65.

Il faut saisir l'occasion d'apprendre les chiffres romains : remarquer ce qu'indique un chiffre plus faible placé devant un chiffre plus fort. Pline dit que les anciens romains ne comptaient pas au-delà de cent mille.

QUATRIÈME DÉCLINAISON.

Cette déclinaison et la suivante n'ont point d'adjectifs.

§ 66.

Les noms de la 4e déclinaison sont pour la plupart masculins :

Fruct	*us*, *ús*,	fruit.	*magistrat*	*us*, *ús*,	magistrat et magistrature.
conspect	*us*, *ús*,	présence.	*cas*	*us*, *ús*,	chute.
exercit	*us*, *ús*,	armée.	*us*	*us*, *ús*,	usage, utilité.

On trouve pourtant :

f.	*Man*	*us*, *ús*,	main, poignée.	*portic*	*us*, *ús*,	portique.
	ac	*us*, *ús*,	paille ou aiguille.	*trib*	*us*, *ús*,	tribu.

§ 67.

Si l'on considère tous ces noms comme terminés primitivement en *uis* (ainsi qu'on les lit encore dans des auteurs très-anciens), on verra facilement qu'ils se rattachent à la troisième déclinaison ; et on trouvera, en détachant *s* de la terminaison pour le rendre à la base, que plusieurs cas sont encore exactement de la troisième (datif singulier, génitif pluriel), et que dans les autres il y a eu ou suppression d'une lettre ou contraction : ainsi, le datif pluriel *manibus* est pour *manuibus* ; il y a eu suppression de *u.*

Il y a eu au contraire suppression de *i* dans les huit noms suivants :

Il y a huit noms de la 4e qui ont l'ablatif pluriel en *ubus* :

Tribu bus,	*arcu bus,*	*specu bus,*	*partu bus,*
veru bus,	*lacu bus,*	*artu bus,*	*portu bus.*

§ 68.

Le nom féminin *dom us*, maison, se décline à la fois selon la seconde et selon la quatrième.

NOMBRES.	CAS.	2e DÉCLINAISON.	4e DÉCLINAISON.
SINGULIER.	NOM. VOC.	Dom us,	Dom us,
	ACCUSATIF.	dom um,	dom um,
	ABLATIF.	dom o,	»
	DATIF.	»	dom ui,
	GÉNITIF.	dom i,	dom ûs,
PLURIEL.	NOM. VOC.	»	dom us,
	ACCUSATIF.	dom os,	dom us,
	ABL. DAT.	»	dom ibus,
	GÉNITIF.	dom orum.	dom uum.

Le génitif singulier dom i, *de la seconde déclinaison, ne s'emploie que dans un cas particulier, qui est exposé à la fin de la syntaxe du génitif.*

CINQUIÈME DÉCLINAISON.

§ 69.

La cinquième déclinaison n'a que des noms féminins :

r es, ei, chose.	*maci es, ei,* maigreur.
speci es, ei, apparence.	*sp es, ei,* espoir, etc.

Exceptez *di es, ei*, qui est souvent masculin, et ses composés qui le sont toujours :

m. *meridi es, ei,* midi.	*sesquidi es, ei,* un jour et demi.

§ 70.

Cette dernière déclinaison a une grande analogie avec la première. L'analogie était bien plus sensible encore, lors qu'on disait au génitif et au datif de la première, *musaï* (Virg.) pour *musæ*. Aussi plusieurs noms se déclinent-ils à la fois selon la première et la cinquième :

materi a, æ, et *materi es, ei,* matière.
segniti a, æ, et *segniti es, ei,* paresse.
nequiti a, æ, et *nequiti es, ei,* méchanceté.
duriti a, æ, et *duriti es, ei,* dureté.

APPENDICE POUR LES NOMS VENUS DU GREC.

§ 71.

Les Romains, ayant conquis la Grèce, furent avides de sa littérature. Ils traitèrent dans leur langue des sujets de la mythologie et de l'histoire grecques, et ils aimèrent à laisser à certains noms, surtout à des noms propres et à des termes techniques, leur physionomie originelle. C'est pourquoi l'on trouve dans l'Énéide, les métamorphoses, les tragédies attribuées à Sénèque, et ailleurs, des mots qu'il faut rapporter aux déclinaisons grecques.

PREMIÈRE DÉCLINAISON GRECQUE.

§ 72.

NOMBRE.	CAS.	FÉMININ.	MASCULIN.	
SINGULIER.	Nom.	Music ē,	Alcid ēs,	Æne as,
	Voc.		Alcid ē,	Æne ā,
	Acc.	music en,	Alcid en,	Æne an,
	Abl.	music ē,	Alcid ē,	Æne â,
	Dat.	(music æ,)	(Alcid æ,)	(Æne æ,)
	Gén.	music ēs,		

Prononcez *musicè, musicèn, Alcidè,* parce que c'est l'η grec, et non pas l'*e* latin.

Les cas qui n'ont pas été transportés sont suppléés par des cas latins; nous les plaçons entre parenthèses.

Ainsi se déclinent, selon la colonne où ils sont :

f.		m.		n.	
Hyol	e, es.	comet	es, æ.	Bore	as, æ.
Mycal	e, es.	planet	es, æ.	Trase	as, æ.
Phœb	e, es.	Anchis	es, æ.	Jarb	as, æ.
epitom	e, es.	Achat	es, æ.	Jonath	as, æ.
rhetoric	e, es.	Æacid	es, æ.	Tobi	as, æ.
grammatic	e, es.	etc.	etc.		

Le pluriel est latin, et suit *ros æ.* (Les noms propres n'en ont point.)

☞ *Jonathas, Tobias*, et une foule d'autres noms ont été transportés de l'hébreu dans le grec par les septante (traducteurs de l'Ancien Testament).

§ 73.

De la seconde déclinaison grecque, on ne trouve que le nominatif singulier :

f. Par os, Gyar os, Scyr os. } Les autres cas sont latins. } Par um, o, i, etc.

☞ Le nom *Jesus* n'est pas grec : il a passé de l'hébreu dans les livres grecs du Nouveau Testament :

NOMINATIF.	Jesus,	ACCUSATIF.	Jesum,
VOCATIF.	Jesu,	ABL. DAT. GÉN.	Jesu.

TROISIÈME DÉCLINAISON GRECQUE.

§ 74.

NOMS QUI SUIVENT A LA FOIS

LA 2e DÉCLIN. LATINE		ET LA 3e GRECQUE.	LA 3e LATINE	ET LA 3e GRECQUE.
	Orphée.		hérésie.	
NOM.	Orphe us,	Orpheus,	Hæres	is,
VOC.	»	Orpheu,		
ACC.	Orphe um,	Orphe {on / a},	hæres im,	hæres in,
AB. DAT.	Orphe o,	»	hæres i,	»
GÉN.	Orphe i.	»	hæres is,	hæres eos.

Ainsi se déclinent :

Perse us, *Persée.*		poes is, *poésie.*
These us, *Thésée.*		thes is, *thèse.*
Morphe us, *Morphée.*		genes is, *genèse.*
OEne us, *Œnée.*		phras is, *phrase.*

Le pluriel est latin, sauf le génitif : *hæres eôn, phras eôn.*

Rapportez à cette déclinaison l'indéclinable *Tempê*, au nominatif, vocatif et accusatif pluriel neutre : contraction grecque pour Τεμπεα.

§ 75. Une foule d'autres noms de la troisième, devenus tout latins, ont seulement un double accusatif, latin et grec, tant au singulier qu'au pluriel.

			Acc. sing.	lat.		gr.	pl. lat.	gr.
Heros,	hero	is,	hero	em	*ou*	a,	hero es *ou*	as.
Macedo,	macedon	is,	macedon	em	*ou*	a,	es *ou*	as.
Pallas,	Pallad	is,	Pallad	em	*ou*	a,	»	
Aer,	aer	is,	aer	em	*ou*	a,	»	
Iris,	Irid	is,	{Irid / Ir}	{em / im}	*ou* Ir	in.	»	
Tigris,	Tigrid	is,	{Tigrid / Tigr}	{em / im}	*ou* Tigr	in.	»	
Daphnis,	Daphnid	is,	{Daphnid / Daphn}	{em / im}	*ou* Daphn	in.	»	Ceux-ci ont en outre le vocatif grec *Daphn i, Par i.*
Paris,	Parid	is,	{Parid / Par}	{em / im}	*ou* Par	in.	»	

CHAPITRE III. — **DES MOTS INDÉCLINABLES.**

PRÉPOSITIONS.

§ 76.

PRÉPOSITIONS DE L'ACCUSATIF.				PRÉPOSITIONS DE L'ABLATIF.	
Ad,	*vers.*	Juxtà,	*près.*	A, ab, abs,	*de.*
Adversùm, Adversùs,	*vis-à-vis.*	Ob,	*devant.*	Absque,	*sans.*
		Penès,	*au pouvoir de.*	Cum,	*avec.*
Antè,	*avant.*	Per,	*à travers.*	De,	*touchant.*
Apud,	*auprès.*	Ponè,	*derrière.*	E, ex,	*de.*
Circà, Circùm,	*autour de.*	Post,	*après.*	Præ,	*devant.*
		Præter,	*outre.*	Pro,	*devant, pour.*
Cis, Citrà,	*deçà.*	Propter,	*à cause de.*	Sine,	*sans.*
		Secundùm,	*le long de.*		
Contrà,	*en face de.*	Suprà,	*au dessus de.*	**PRÉPOSITIONS DES DEUX CAS.**	
Ergà,	*envers.*	Trans,	*par delà.*		
Extrà,	*hors.*	Ultrà,	*au delà.*		
Infrà,	*sous.*			In,	*en.*
Inter,	*entre.*			Sub, subter,	*sous.*
Intrà,	*au dedans de.*			Super,	*sur.*

Il faut chercher l'étymologie d'*adversùs*, *circà*, *propter*, *secundùm*, etc.

ADVERBES.

§ 77.

La plupart des adverbes sont des adjectifs et participes devenus indéclinables.

Ceux qui se terminent en *è*, *ò*, *im* ou *ùm*, *itùs*, sont dérivés de la seconde déclinaison, tels que : *doctè*, *postremò*, *cæsim*, *minimùm*, *divinitùs*. Ceux en *iter* sont dérivés de la troisième : *fortiter*, *amanter*. Ces deux classes sont très-nombreuses.

On a vu § 61 quelle variation la plupart de ces adverbes subissent pour le comparatif et le superlatif.

On a lu § 62 les adverbes tirés des adjectifs de nombre. Tous les autres sont :

Abhinc, (avec un temps passé) *d'ici.*
Adeò, *tellement.*
Admodùm, *avec mesure.*
Adhùc, *jusqu'ici, encore.*
Affatim, *abondamment.*
Agedùm, *ça.*
Aliàs, *une autrefois.*
Alibi, *ailleurs.*
Alicubi, *en quelque endroit.*
Alicundè, *de quelque endroit.*
Aliò, *ailleurs.*
Aliquandò, *quelquefois.*
Aliquà, *par quelque voie.*
Aliquò, *en quelque endroit.*
Aliundè, *d'ailleurs.*
Benè, *bien.*
Circiter, *environ.*
Clàm, *secrètement.*
Cominùs, *de près.*
Coràm, *publiquement.*
Cras, *demain.*
Dehinc, *désormais.*
Diù, *long-temps.*
Dudum, *il y a peu de temps.*
Duntaxat, *seulement, jusque-là, pourvu que.*
Eà, *par là.*
Eàdem, *par là-même.*
Ecce, *voilà.*
Eminùs, *de loin.*
En, *voici.*
Eò, *là.*
Eòdem, *là-même.*
Foràs, *dehors.*
Foris, *en dehors.*
Forsan, Forsitan, Fortassè, *peut-être.*
Fortè, *par rencontre.*
Hàc, *par ici.*
Hactenùs, *jusqu'à ce point.*
Haud, *ne pas.*
Heri, *hier.*
Hìc, *ici.*
Hinc, *d'ici.*
Hodiè, *aujourd'hui.*
Hùc, *ici.*
Ibi, *là.*
Ibidem, *là-même.*
Ilicet, *sur-le-champ.*
Illàc, *par-là.*
Illic, *en cet endroit, alors.*
Illicò, *là, sur-le-champ.*
Illinc, de là.
Illùc, *en cet endroit là.*
Indè, *de là.*
Indidem, *de là même.*
Insuper, *de plus.*
Intùs, *dedans.*
Intrò, *dans l'intérieur.*
Invicem, *mutuellement.*
Istàc, *par là.*
Istìc, *de là.*
Istùc, *là où vous êtes.*
Ità, *ainsi.*
Item, *de même.*
Jam, *déjà, bientôt.*
Mox, *bientôt.*
Ne, *ne pas, de peur.*
Nequaquàm, Neutiquàm, *nullement.*
Nihil, nil, *en rien.*
Nimirùm, *certainement.*
Nimis, *trop.*
Non, *non.*
Nunc, *maintenant.*
Nunquàm, *jamais.*
Nusquàm, *en aucun lieu.*
Obviàm, *au-devant.*
Palàm, *ouvertement.*
Parùm, *peu.*
Peregrè, *en voyage.*
Perendiè, *après demain.*
Perindè, *également.*
Postridiè, *le lendemain.*
Pridem, *il y a long-temps, naguère.*
Pridiè, *la veille.*
Procul, *au loin, de loin.*
Profectò, *sans doute.*
Propè, *de près, presque.*
Prorsùs, *directement, en général.*
Protinùs, *incessamment.*
Quandoque, *un jour, quelquefois, lorsque.*
Quidem, *à la vérité.*
Quondàm, *autrefois.*
Quòpiàm, *en quelque lieu.*
Rursùs, *de nouveau.*
Sæpè, *souvent.*
Sanè, *assurément.*
Sat, satis, *assez.*
Scilicet, *savoir.*
Secùs, *autrement.*
Semper, *toujours.*
Seorsùm, *séparément.*
Sic, *ainsi.*
Simul, *en même temps.*
Statim, *aussitôt.*
Sursùm, *en haut.*
Tàm, *tellement.*
Tamdiù, *autant de temps.*
Tandem, *enfin.*
Tantisper, *un moment.*
Tantoperè, *tellement.*
Tenùs, *jusque.*
Tùm, Tunc, *alors.*
Ubique, *partout.*
Unà, *ensemble.*
Undique, *de tout côté.*
Unquàm, *jamais.*
Usquàm, *en quelque lieu.*
Usquè, *toujours.*
Usquequàque, *de tout côté.*
Versùs, *vers.*
Videlicet, *par exemple.*

Il faut chercher l'étymologie des mots de cette liste : reconnaître ceux qui dérivent d'un verbe, d'un adjectif, d'un autre adverbe, d'une préposition suivie d'un nom, etc.

§ 78.

L'adverbe sert à expliquer la signification d'un verbe, d'un adjectif ou d'un adverbe, mais le plus souvent d'un verbe; ce qui lui a valu son nom.

CONJONCTIONS.

§ 79.

Voici la liste complète des mots que l'on peut nommer conjonctions :

Ac, *et.*
Alioqui, Alioquin, *sinon.*
An, *ou.*
Anne, *ou ne.*
Antequàm, *avant que.*
At *ou* ast, *mais.*
Atque, *et.*
Atqui, *or.*
Aut, *ou.*
Autem, *mais.*
Ceu, *comme.*
Cæterùm, *au reste.*
Cur, *pourquoi.*
Dein, Deindè, *ensuite.*
Deinceps, *désormais.*
Demùm, Denique, *enfin.*
Donec, *jusqu'à ce que.*
Dùm, *tandis que.*
Dummodò, *pourvu que.*
Enim, *car.*
Ergò, *donc.*
Et, *et.*
Etenim, *en effet.*
Etiam, *aussi, même.*
Etsi, *quoique.*
Idcircò, *c'est pourquoi.*
Igitur, *donc.*
Imò, *bien plus.*
Intereà, Interim, *cependant.*
Itaque, *c'est pourquoi.*
Licet, *quoique.*
Nam, *car.*
Namque, *et car.*
Ne (*signe d'interrogation*).
Nec, neque, *et ne.*

Necnon, *et.*
Neu, Neve, *ou ne.*
Ni, Nisi, *ne, si ne.*
Nùm, Numquid, (*signe d'interrogation*).
Porrò, *or.*
Posteà, Posthâc, *ensuite.*
Postquàm, *après que.*
Priùsquàm, *avant que.*
Prætereà, *outre cela.*
Proindè, *comme.*
Prout, *selon que.*
Quà, *par où.*
Quàcumque, *par quelque voie que ce soit.*
Quàm, *que.*
Quamdiù, *aussi long-temps que.*
Quamdudùm, *qu'il y a long-temps.*
Quamobrem, *pourquoi.*
Quamquam, Quamvis, *quoique.*
Quandò, *quand.*
Quandoquidem, *puisque.*
Quantò, *combien.*
Quantoperè, *jusqu'à quel point.*
Quantùm, *combien.*
Quantulò, Quantulùm, *combien peu.*
Quarè, *pourquoi.*
Quasi, *comme si.*
Quatenùs, *tant que.*
Que, *et.*
Quemadmodùm, *comme.*
Qui, *comment.*
Quia, *parce que.*

Quìdum, *comment donc.*
Quin, *que ne.*
Quippè, *car.*
Quò, *où.*
Quoad, *jusqu'à ce que.*
Quòcumque, *partout où.*
Quòd, *que.*
Quominùs, *que ne.*
Quomodò, *comment.*
Quoniam, *puisque.*
Quoque, *aussi, même.*
Quòquo, *en quelque lieu que.*
Quorsùm, *à quoi.*
Quotiès, *combien de fois.*
Quùm, *lorsque.*
Sed, *mais.*
Seu, *soit.*
Si, *si.*
Sicut, *ainsi que.*
Sin, *mais si.*
Sive, *soit que.*
Tamen, *cependant.*
Tametsi, *quoique.*
Tanquàm, *comme.*
Ubi, *dèsque, où.*
Ubicumque, *en quelque endroit que ce soit.*
Undè, *d'où.*
Undecùmque, *de quelque endroit que ce soit.*
Ut, Uti, *comme.*
Utinam ! *plût à Dieu !*
Utpotè, *puisqu'en effet.*
Utrùm, (*signe d'interrogation*).
Vel, *ou.*
Velut, Veluti, *comme.*
Verò, verùm, *vraiment.*

Il faut chercher l'étymologie : on trouve qu'un grand nombre de conjonctions ont pour initiale *que* ou *quàm*, que d'autres sont formées d'une préposition jointe à *quàm*, de deux conjonctions réunies, etc.

§ 80.

Quoique chaque conjonction ait sa signification propre, toute conjonction a pour effet de rappeler ou d'annoncer une phrase ou portion de phrase, voisine de celle où elle est : c'est ce qui a fait dire que la conjonction lie ou *joint* ensemble les phrases ou membres de phrase ; et ce qui lui a valu son nom.

§ 81.

Il y a des conjonctions qui se rapprochent des adverbes, et des adverbes qui se rapprochent des conjonctions : on est tenté de les confondre. Ce doute n'a aucun inconvénient : lorsque la distinction n'est pas claire, elle est inutile.

INTERJECTIONS.

§ 82.

Æcastor ! Ædepol !	*certes.*	Ha !	*ha!*	Næ !	*certes!*
		Hei !	*aie!*	O.	*ô.*
Ah !	*ah!*	Hem !	*hem!*	Oh !	*oh!*
Eho !	*eh!*	Herclè !	*certes!*	Papæ !	*oui-dà!*
Eia,	*ça.*	Heu ! eheu !	*hélas!*	Pol,	*certes.*
Euge,	*courage.*	Heus !	*eh!*	Proh !	*oh!*
Evax !	*oh!* (*joie.*)	Hui !	*ha!*	Væ !	*malheur!*

§ 83.

Toutes les listes que renferme ce chapitre sont faites, non pour être apprises par cœur, mais pour être lues avec attention, comparées, et consultées dans le besoin.

www.ingramcontent.com/pod-product-compliance
Ingram Content Group UK Ltd.
Pitfield, Milton Keynes, MK11 3LW, UK
UKHW020356230726
13925UKWH00003B/1145

9 782014 037685